館

吉原理恵子

キャラ文庫

この作品はフィクションです。
実在の人物・団体・事件などにはいっさい関係ありません。

目次

天使の階級

神

上級三隊
熾天使 セラフィム
智天使 ケルビム
座天使 トロウンズ

中級三隊
主天使 ドミニオンズ
力天使 ヴァーチューズ
能天使 パワーズ

下級四隊
権天使 プリンシパリティーズ
大天使 アークエンジェルズ
天使 エンジェルズ
神の子 グリゴリ

【天上界(七つの天)】

- 第七天 アラボト
- 第六天 ゼブル
- 第五天 マホン
- 第四天 マハノン
- 第三天 サグン
- 第二天 ラキア
- 第一天 シャマイム

下界

- 第一大地 エレス
- 第二大地 アダマ
- 第三大地 ハラバ
- 第四大地 シャ
- 第五大地 ヤバシャ
- 第六大地 アルクァ
- 第七大地 テベル

【天地界(七つの大地)】

熾天使《セラフィム》相関図

熾天使を支配する四大君主

ケムエル
北の座の大君主

ナタナエル
南の座の大君主

天上界の七天を支配する統轄者

サンダルフォン
第五天〈マホン〉の統轄者

ゼブル・サバス
第六天〈ゼブル〉の統轄者

アナエル
第三天〈サグン〉の統轄者

カシエル
第七天〈アラボト〉の統轄者

真理の天使
ガブリエル
西の座の大君主。智天使の支配者。第一天〈シャマイム〉の統轄者

天使長
ルシファー
東の座の大君主

神の闘士
ミカエル
力天使・大天使の支配者。第四天〈マハノン〉の統轄者

義の天使
ウリエル
天上界の“神の炎”。タルタロス〈地獄〉の支配者

神の思惟を具現する八代君主

復活の天使
レミエル
天上界の“神の慈悲”。真の幻視を統轄する

太陽の天使
ラファエル
座天使の支配者。第二天〈ラキア〉の統轄者

大地の天使
ラグエル
天使の善行を監視する

死の天使
サリエル
天上界の“神の命令”。霊の君主

口絵・本文イラスト／笠井あゆみ

影の館

天は神の輝きを示し、
蒼穹《そうきゅう》はその御手のわざ。
日々は神をのべつたえ、
夜々は神の知識を告げる。
物言わず、
声に語らず、
しかし、
天体は神を語って、
無言の賛美で大地を満たす。

（詩篇　十九）

神生記

それは、始めがあって終わりのない、たゆとう時間《とき》の流れの中にあった。
左手《ゆんで》は、光。
右手《めて》は、闇。
あふれる生命の燦《きら》めきと、揺らぐことのない――無情の深淵《ちんもく》。
燦然《さんぜん》たる光輪への渇仰《かつごう》は『光』と『影』の相剋《そうこく》を孕《はら》み、時空《さだめ》の縒《よ》り糸を紡ぐ。
吠《ほ》ゆる獅子《しし》のごとく。
灼熱《しゃくねつ》の雷光《いなびかり》とともに……。
絡み合い、
弾き合い、
――共振する。

無垢《むく》なる思惟《しい》と。
愛の焔《ほのお》に……。
天の御座《アイオーン》。
左に、輝ける者《エロヒム》。
右に、堕ちたる者《ハ・サタン》。
どちらが欠けても対《つい》を為さぬ、神の双手《もろて》であった。

†† 熾天使《セラフイム》 ‡‡

〈シェハキム〉に異変あり。

天上界における御使えを統率する天使長ルシファーが直属の筆頭書記官サラからその報告を受けたのは、第一大地〈エレス〉からの視察を終えて天領東の座《イル＝ヴアーナ》の離宮に戻ってきたときだった。

「異変とは、どのような?」

「第三種警戒警報が発令されました」

それは、ただ事ではない。ルシファーの眉間《みけん》がしんなりと曇った。

そういうわずかな表情の変化すら、美々しい。

天使長ルシファーはまさしく美の化身であった。彫りの深さは言うに及ばず、しなやかな肢体の張りも、柔らかな声の艶《つや》も、影を落とす睫毛《まつげ》の長さすら選りすぐった美の極致にある。

創造主である『神』が至福と至高の粋を込めて生命の息吹を与えた『光掲げる者《ルシファー》』は、天上界の至宝でもある。癖のない細絹を思わせる金髪の一本一本に至るまで『神』の慈しみが煌《きら》めいていた。

「いかが為されますか？」

「このまま〈サグン〉まで飛翔《と》ぶ」

即答であった。

ササラとしては、野営続きの視察から戻ってきたばかりの我が主にとりあえずの休息を取ってもらいたいところであるが。今、ここでそれを口にしてもしょうがないことはわかりきっていた。

「ゼフォルト。おまえは〈エレス〉の状況報告を取りまとめておいてくれ」

「はッ」

ルシファーの背後に控えていた副官は右手を胸に当てた敬礼で応える。

「では、ササラ、あとを頼む」

言うやいなや、ルシファーは霊翼を発現させて瞬時に天空へと舞い上がった。

天上界にあって、背の双翼は霊力の証《あかし》でもある。上級と呼ばれる高位の御使えになると、思念によって発現する。最高位である熾天使《セラフィム》の霊翼はとりわけ大きく、しかも美しかった。

高位の者たちは天空を駆け巡るときには霊翼を発現し、光子の翼は大地に舞い降りると同時に消え失せる。裏を返せば、翼が角質化して身体の一部と同化したまま消失しない者たちは霊位が低いということにほかならない。

思念は目には見えないが、秘めたる霊力の格差は一目瞭然《いちもくりょうぜん》。だからこそ、天上界は絶対的権力の象徴でもあった。

出自は乗り越えられない壁ではないが、生まれ持った能力には限りがある。厳然たる事実であった。

ゆえに、高位の者たちは上級者として相応《ふさわ》しい責任と行動が求められる。それは必然という名の規範であった。

蒼穹に目映《まばゆ》く輝く黄金の霊翼は力強く、しなやかで美しかった。天使長としての威厳に満ちていた。そんなルシファーの姿が視界から消えてしまうまで、配下の者たちは身じろぎもせず畏敬の眼差しで見送った。

天上界第三天〈サグン〉。

天空を覆い尽くさんばかりの巨大な雲を支える四本の御柱《シエハキム》は、虹色に輝く螺旋《らせん》の円柱でできていた。熾天使が唱える三聖頌《トリスアギオン》が絶えず循環して活力を生むように。

〈サグン〉に赴くための廻路である天空門《キリア＝ローゼル》を抜けてルシファーが到着したとき、御柱の周囲は物々しい雰囲気に包まれていた。

（一個大隊が集結か）

それも、通常の警邏隊《けいらたい》ではなく〈サグン〉の統轄者《とうかつ》であるアナエル直下の精鋭部隊である。

普段は緩やかに規則正しく流れているはずの螺旋は、目まぐるしく色を変えて不穏に発光していた。それだけで、ササラが口にした『第三種警戒警報』という事態が決して大袈裟《おおげさ》なものではないことが見て取れた。

巨雲は不気味に灰黒色の渦を巻き、ときおり、幾重もの濃淡の裂け目から音もなく紫光が走った。

ルシファーは部隊の邪魔にならないように、状況を一望できる御柱を取り巻く外輪壁の一画に降り立った。思うことは誰しも同じなのか、そこには顔馴染《なじ》みの先客がいた。

「遅かったな、ルシファー」

真っ先に声をかけたのは、天上界第三位の官位を持つラファエルであった。

数多《あまた》の熾天使が総じて長髪であるのに対し、少しばかり癖の強い巻き毛——白金《プラチナ・ブロンド》髪は項《うなじ》のあたりで綺麗《きれい》に切り揃《そろ》えられている。思ったことはずばずばと口にするが陰湿さなど微塵《みじん》もない明朗闊達《めいろうかつたつ》な美丈夫、曰《いわ》く。

『長いと縺《もつ》れて鬱陶《うっとう》しいからだ』

その理由も明快だった。

もっとも。一部配下の者たちには、せっかく綺麗な巻き毛を惜しげもなく切り捨ててしまうなんてもったいない——と嘆かれてもいたが。

「せっかくの山場を見逃すところだったぞ」

第三種警戒令も、ラファエルにかかれば形無しである。

だからといって、物々しい警戒ぶりを決して茶化しているわけではないことはその顔つきを見ていればわかる。むしろ、この状況でそういう台詞《せりふ》を嫌味なく口にできる剛胆さがラファエルの真骨頂であった。

「先ほど〈エレス〉の視察から戻ってきたばかりだ」

「それは、例の樹海倒潰《とうかい》の事案か？」

落ち着きのあるまろやかな声で口を挟《はさ》んだのはガブリエルである。

天上界第四位の傑物である。『真理の天使』と呼ばれるに相応しく、しなやかで優美な立ち居振る舞いはルシファーと双璧であった。

熾天使の大君主ともなれば所属機関は違っても正規の式服が基本だが、ルシファー同様、正装であれ略装であれ、格式張った式服よりも見目麗《うるわ》しい典雅な装いが似合うと言われているのも確かなことだった。

「そうだ。南方の地下水脈に変動があり、それに伴う地盤沈下が起きていた」

「食い止められそうか？」

「とりあえずの手は打っておいたから、大崩落の危険は回避できるだろう」

しごくあっさりとルシファーは口にするが、水脈のずれを修復するには危険を孕んだ多大な霊力を必要とする。視察とは名ばかりの実務行為に、ラファエルとガブリエルは『聞いてないぞ』とばかりにわずかに目を瞠《みは》った。

「だが、それは、本来おまえの役割ではないだろう」

低く張りのある口調で、ミカエルがルシファーを直視する。

濃い蜜色《ダーク・ブロンド》の長髪を無造作にひとつに括《くく》った天上界第二位の剛の者は、並外れた胆力と霊威を併《あわ》せ持つ『神の闘士』である。引き締まった長身の体躯《たいく》は『太陽の天使』と称されるラファエルの美丈夫ぶりとは別口の威圧感があった。

天使長はただの肩書きではなく、天上界の象徴である。ミカエルに言わせれば、本来、天使長が自ら〈エレス〉に出向いて視察などあり得ないことである。そういう査察業務はむしろ座天使《トロウンズ》の得意分野であるのだから、適当に士官を選んで割り振ればいいだけの話である。

「少しばかり気になったから、自分の目で確かめてみたくなったのだ」

「ならば、視察は視察であるべきで、あえて危険を冒すべきではない」

正論である。苦言を呈するというにはミカエルの顔つきはいささか険しすぎるきらいはあったが、ラファエルもガブリエルも、つい深々と頷《うなず》いてしまいそうになった。

一位《ルシファー》と二位《ミカエル》は天上界の双翼――『神の双手』である。互いが互いを己の半身と認め合うほどに信頼の絆《きずな》は強く、深い。だからこその苦言――というよりはむしろ、ミカエルは、己の片翼の行動は常に把握しておきたいという衝動があった。

自分の知らないところでルシファーが無謀に走ることは何よりも憂慮すべき事柄であった。ともすれば我が身よりも配下の者を優先して、弱者を庇《かば》って傷を負うことも辞さないルシファーに苛立《いらだ》ちを覚えて奥歯を軋《きし》らせたことも二度や三度ではない。自分がその場にいたなら、ルシファーの肌にかすり傷ひとつつけさせない。本音で、それを思う。

今回の視察の内容は知らない。知らなかったからこそ、しごくあっさりと告げられた事後報告によけいに焦《じ》れる。

(私の目の届かないところで無茶はするな)

衝動は、執着めいた観念にすり替わる。

見かけは優美な貴人であっても天上界随一の強大な霊力の持ち主であるルシファー相手に、それこそ無駄な杞憂《きゆう》と一蹴《いっしゅう》されてしまいかねないが、ミカエルの情動は止まらない。ただ強靱《きょうじん》な理性でもって利己をねじ伏せることに慣れてしまってはいたが。

「物事は臨機応変が基本だろう」

厳格な規律で成り立っている天上界の規範を、典雅な笑みでさらりと躱す。

とたん。ラファエルが苦虫を噛《か》み潰《つぶ》したような顔になった。

なぜなら。それは、大らかといってしまえばそれまでだが、副官泣かせのラファエルの口癖でもあったからだ。条件反射のごとく、ミカエルにじろりと睨《にら》まれて。

(今、この場でそれを口にするのは反則だろう)

ラファエルは舌打ちでもしたい気分だった。

「そういう浅慮が配下の者を危険にさらすとは考えなかったのか?」

ミカエルの追及は止《や》まなかった。

普段はいたって寡黙なミカエルの口数が多くなるのは、ルシファー絡みのときだけである。

(素直に心配していると言えばいいものを)

ただの視察が思わぬ結果を孕んだ事後報告に、ことさら目くじらを立ててもしょうがない。

ガブリエルはそれを思い。

(見かけほどルシファーが柔《やわ》ではないとわかっているからこその苦言とはいえ、あからさますぎるだろ)

内心でため息を漏《も》らす。

だから、ルシファーとその他の者への関心度の違いがだ。

これがルシファーではなくガブリエルであったなら、おそらく、ミカエルは聞き流しの黙殺だろう。ラファエルであっても、同じことだ。——きっと。

それだけは自信を持って断言できるガブリエルであった。

ルシファーとミカエルの信頼の絆が特別に堅いのは周知の事実だが、ミカエルがルシファーを見る目にはときおり妙に熱がこもる。

一方、ラファエルは。

(正論でルシファーをねじ伏せられるものなら、とっくに俺がやっている)

つくづく、思う。

すべての御使えを……というより、天界をそれぞれの領域で仕切る、それこそ一筋縄ではいかない個性派揃いの大君主を優美な微笑ひとつで束ねる『天使長』の肩書きは伊達《だて》ではないのである。

確固たる信念に裏打ちされた絶大なる霊力。上の者には厳しいが下の者にはけっこう甘いルシファーが配下の者たちを危険にさらすほど浅慮でないことは、誰でも知っている。それを口にした時点で、ミカエルの負けは決まっているようなものだ。

(墓穴を掘るのも時と場所を選ぶべきだったな)

ラファエルがミカエルを流し見た。

——そのとき。

巨雲の渦に火柱が立った。

その場にいるすべての者たちの口から、異口同音にどよめきが漏れた。驚愕《きょうがく》と、衝撃と、ある種の震撼《しんかん》とで。

渦を巻く火柱が勢いを増して巨雲を侵食する。

天空を見上げてルシファーがひとりごちた、瞬間。御柱を取り囲んでいた魔兵《きへい》が一斉に霊力を解放して厳戒態勢に入った。

「――来るぞ」

御柱に支えられた巨雲は異界に通じる次元の裂け目であるとも言われている。しかも、一方通行の『門』である。こちら側からは開かないがやってくる物は拒めないという、厄介な特性を持っていた。

いつ、何時。

誰であれ、何であれ。

たとえ、それが招かれざる侵入者であっても――たいがいは、そうだが。天空から墜《お》ちてくるものは拒否できない。

だからこそ、広大な陥没地帯《カルデラ》に立つ四本の御柱は強大な『神』の結界で守護されているのである。

それでも。ごく、希《まれ》に。その結界をも脅かすおとないがある。

今や、巨雲ではなく真っ赤に焼け爛《ただ》れた溶岩流のごとき渦の中から、爆音とともに巨大な生き物が凄《すさ》まじい火焔《かえん》を吐きながら突っ込んできたとき。誰もが皆、衝撃に息を詰めて双眸《そうぼう》を見開いた。

「焔竜《サラマンディア》か」

ラファエルがあんぐりと漏らし。

竜種はその巨体ゆえに絶滅したと言われていただけに、ガブリエルは息を呑《の》む。

「超弩級《ちょうどきゅう》だ」

「しかも、手負いらしい」

まったくもって、拙《まず》いことに。ルシファーの眉間にはくっきりと縦皺《たてじわ》が刻まれた。

それが門を潜るための代償だったのか。それとも、闘争による負傷なのかはわからないが。

そのせいで完全に正気を喪《うしな》っているらしい。

文献によれば、本来、竜属は凶暴さと高度の知性を併せ持つ種族らしいが。どす黒く濁った赤い目には知性の欠片《かけら》も見て取れなかった。

「思わぬ大厄が降ってきたようだな」

ミカエルが不敵に口の端を吊《つ》り上げる。

口から灼熱の炎を撒《ま》き散らしながら焔竜がのたうち回る。折れてねじ曲がった片翼では巨体を支えきれないのだろう。苦しげに咆吼《ほうこう》し、大地に激突した。

その衝撃波はルシファーたちのいる外輪まで伝わった。御柱の結界がなければ、麾兵たちはその爆風圧で瞬殺されていたに違いない。

御柱は今や黒一色に染まって不気味に沈黙していた。まるで、何か最悪な事態を予感させる

前触れであるかのように。

そのひとつをめがけ、焔竜は強靱な尻尾《しっぽ》を叩《たた》き付ける。二度、三度と。その激震に共鳴するかのように結界が鳴動した。

『神』の結界は強大だが、天上界の理《ことわり》とはまったく別の概念で成り立っている異次元からの来訪者、それも獰猛《どうもう》極まりない竜属を閉じこめておく檻《おり》としては完璧とは言い難い。

アナエルの麾下が結界を死守するために極限まで霊力を放出してバタバタと倒れていく。いや、霊気どころか御柱に生命活力すら強制的に吸い取られていくかのようだった。

まさか、こうなることを予測して一個大隊を配置したとも思えないが、何が、どこから、どんなふうに墜ちてくるのか、そのときになってみないとわからないという実状を踏まえての第三種警戒警報にはそれなりの重みがあったということだ。

「どうやら、わたしたちの出番のようだな」

ルシファーが外衣を脱ぎ捨てる。

「そのようだな」

ミカエルが事もなげに言い捨てる。

「援軍待ちの繋《つな》ぎになるつもりはないが？」

ガブリエルが静かに霊気を漲《みなぎ》らせる。

「当然だ。手負いの竜一匹に、俺たちが力負けをするわけがないだろう」

ラファエルが豪語した。

本来、ここはルシファーたちの領域ではないが。まさかの事態に、アナエルも出過ぎた真似《まね》をするなとは言うまい。

御柱は、最優先で死守しなければならないからだ。

御柱は四本。

天上界屈指の勇者が四人。

ならば。今、この場にルシファーたちが揃っているのはただの偶然ではなく必然である。

「——行くぞ」

厳《おごそ》かなる声でルシファーが告げると。ミカエルが。ラファエルが。ガブリエルが。大きく、強く、鮮やかな霊翼を発現させて一斉に四方向へと飛翔した。


御柱は死守された。手負いの焔竜は断末魔の咆吼を上げて息絶えたが。

最大級の霊気を際限なく解放したために、ルシファーたち四人はそれぞれ静養を余儀なくされた。御柱が制御可能になったのを見届けるやいなや、昏倒《こんとう》してしまったからだ。

ミカエルとラファエルは、運び込まれた治療院で目を覚ますなり。

「あれくらいで意識を失うとは、なんとも不様だな」

「俺としたことが……情けないにもほどがある」

揃って、嗄《しわが》れた声で己の不甲斐《ふがい》なさを口にし。

三日間昏々《こんこん》と眠り続けたガブリエルは、駆けつけてきた副官が安堵《あんど》のあまり思わず涙ぐむのを見やって。

「心配をかけたな」

逆に、配下の者を気遣う羽目になった。

そして、ルシファーは。もう大丈夫だと言っているのに、ササラとゼフォルトの両人から。

「いいえ。しっかり養生なさってください」

「そうです。まだ、お顔の色が優れません」

しばらくは寝所から出てくれるなと懇願されたのであった。

逃亡者

天上界第一天〈シャマイム〉。

鬱蒼《うっそう》とした密林の最奥に下界へと通じる門があった。高さと横幅は二ナート（約二十メートル）ほどで、矩形ではなく円盤形だった。

わずかな曇りもなく磨き上げられた瀝青石《れきせいせき》は煌めく陽光を吸収して艶やかさを増す黒鏡にも似ている。

その縁を覆っているのは創造主を賛美する三聖頌《トリスアギオン》を象《かたど》った黄金の彫刻《レリーフ》である。『神』に祝福された門は『ファル＝コ』と呼ばれ、目を凝らして覗《のぞ》き込んでいると魂ごと漆黒の深淵へと引き摺《ず》り込まれてしまうような畏怖すらあった。

それを支えているのは厳《いか》つい城壁ではなく、二頭の緻密《ちみつ》なグリフォン像だった。まるで、お気に入りの黒鏡を左右から抱きかかえて微睡《まどろ》んでいるかのようでもあった。

門にはもうひとつの特徴があった。陽光の傾き次第で次元を異にする下界の様子が無作為に映し出されるのである。

過去か。

現在か。

未来か。

それとも、単なる幻影にすぎないのか。その真偽のほどはわからないが。

【羽根なし】

【短命】

【地べたを歩く者】

下界人を語る上で、その言葉は蔑視《べっし》ともとれる三要素だが。短い人生を謳歌《おうか》するその様に魅了される天界人がいるのもまた事実であった。

なぜなら。天上界の御使えにとって、門は触れることも許されない禁忌《きんき》の象徴でもあったからだ。

そのとき。

門を取り巻く樹林に、白翼天使の一団が天空から次々に舞い降りてきた。それが隠密《おんみつ》行動であるかのようにひっそりと、素早く。

その数、およそ二十人。白翼といってもすべてが純白ではなく、黄色味がかったものもあれば灰色に近いものもある。彼らは樹林の枝に留まり、双翼をたたむと葉陰に身を潜めた。

「本当にやるのか、ニスクロ」

ことさらに低い声で問われて。

「なんだ、リーブラ。ここまで来て怖《お》じけづいたか?」

ニスクロはわずかに唇の端を捲《めく》り上げた。

「……いや。そうではないが……」

口では否定しつつも、リーブラの歯切れは悪い。

「我ら天の御使えにとって、下界への堕天は許されない大罪だ。しかも〈シャマイム〉の門を破っての逃亡ともなれば……」

罪悪感に勝る恐れが透けて見える。

「最悪、アルクアのゲヘナに叩《たた》き落とされて生き地獄を味わう……か?」

「——そうだ」

それは単なる杞憂ではなく、厳然たる事実であった。

「だが。上手《うま》く逃げ切ることができれば自由を勝ち取ることができる」

リーブラとは対照的に、これから為そうとすることへの興奮を抑えきれないのか、マルカーンの口調は微熱を帯びていた。

「なんの戒律にも縛られず、誰にも強制されることもなく、すべての禁欲から解放される自由——だ」

ニスクロが更に煽《あお》る。

天上界は絶対的な階級制度であり、その戒律は厳しい。末端の者ですら、そこからはみ出すことは許されない。

統率と。

規範と。

——粛正《しゅくせい》。

生まれ落ちたとたんに戒律という名の首枷《くびかせ》が嵌《は》まるようなものだと、常々、ニスクロは思っていた。

「ならば、やってみる価値はある。違うか？」

下界には自由がある。

門《黒鏡》に映し出される下界には、短命で愚鈍だが自由を謳歌する者たちで溢《あふ》れかえっている。下界人よりもはるかに優秀な自分たちならば、どの次元界層に行ってもすぐに支配者になれる。

——はずだ。

『神』にはなれないが、現世《うつしょ》の王にはなれる。——上手くいけば。

「今更ためらっても、自分の首を絞めるだけ……か？」

「そうだ。戻るには遅すぎる。じきに、黄昏《たそがれ》の鐘が鳴る」

そのために、時間をかけて念入りな下準備をしたのだ。同僚に気取られないよう、ただこの日のために。

事ここに至って、後戻りなどできない。あとは決行あるのみである。

「予定通りにいけば、タロスがグリゴリたちを率いてやってくるはずだ」

グリゴリとは『神の子』と呼ばれる半人亜種の原人である。性別不能なのっぺりとした顔つきの巨体であるが、知能は低い。

縄張り意識もなく、普段は個別に密林で暮らしている。いたっておとなしいが、思考が並列化しているので一人が暴走すると連鎖する危険がある。

伝達手段としての言葉も持たないため、御使えとの意思の疎通は難しい。それゆえに、密林で放し飼いにされているのである。

なぜ、彼らが『神の子』と呼ばれ〈シャマイム〉に棲《す》むことを許されているのか。それは、ニスクロたちの知るところではない。

しかし。ニスクロたちが門を破って堕天するにはグリゴリが必要不可欠であった。

ニスクロたちは〈シャマイム〉における門の監視者だが、黒鏡に触れるどころか、創造主の結界が張り巡らされた禁域には近寄ることもできない。そこには、目には見えない壁があるからだ。だから、その領域外である樹林に留まっているしかないのだ。

禁域に足を踏み入れ門に触れて下界へ降《くだ》ることができるのは、熾天使《セラフィム》の中でも天上界を統轄する十四人の大君主と、この密林の住人であるグリゴリだけだった。

そのとき。

荘厳な『黄昏の鐘』の音が鳴り響いた。

一日中光輝の途絶えることがない天上界では、上刻・中刻・下刻に鐘が鳴る。

【黎明《れいめい》】

【光爛《こうらん》】

【黄昏】

――と呼ばれる時刻の鐘だ。

時鐘は、どの界にいても等しく聞こえる。だが、その鐘がどこで鳴っているのか、それを知る者は限られていた。

天上界において、知識は共有するものではなく選別されるものなのだ。知る必要のない者には、よけいな知識も情報ももたらされない。

上昇志向が強くその才覚に恵まれても、出自がすべてを頭打ちにする。そこから飛び出すことは願っても叶《かな》わない夢だった。

だからこそ、ニスクロは堕天することに懸けたのだ。下界で自分の才覚を思う存分振るってそれに相応しい地位と名誉を手に入れる。それがニスクロの野望であった。

ニスクロたちが注視する中、時鐘を合図にでもしたかのように密林の奥から地鳴りのような足音が轟《とどろ》いた。

「――来た。グリゴリだ」

グリゴリの大群が、何かに憑《つ》かれたように門へと押し寄せてくる。御使えたちが阻まれる見えない壁ももののともせず、暴徒化して意味不明な唸《うな》り声を上げ、樹林をへし折りながら突進していく。

普段は鳥の囀《さえず》りしか聞こえない門前は騒然となった。

門の監視者として常駐している衛兵は一個小隊にすぎない。門を守護するのではなく監視することが目的であるからだ。

暇を持て余しているわけではないが、やりがいはあまり感じられない閑職である。ニスクロ自身、拝命を受けたときにそれを悟った。体《てい》のいい左遷であると。

何か失態でもやらかした自覚でもあればましだったかもしれない。だが、覚えはなかった。ニスクロは失望した。上官はどいつもこいつも間抜けばかりだと思うと、奥歯が軋った。

創造主の結界に守護された門は最強。皆がそう思っていた。

――そのときまでは。

打ち破る者などいない門を日々監視することに、どんな意味があるのか。それを疑問に思う者がまったくいないわけではなかった。たとえば、ニスクロのように。

――しかし。

今、己の職務を粛々と遂行していた衛兵たちはグリゴリの暴徒化という凶事に直面して恐慌していた。

「グリゴリを排除しろッ」

「門を死守するんだッ」

「ハビエル様に伝令を飛ばせッ」

衛兵は果敢にも総出でグリゴリを排除しようと試みるが、数でも体格でも劣る衛兵は多勢に無勢であった。

——いや。わずか五十人程度の小隊で暴徒化したグリゴリを止めることなど無謀の一語に尽きた。グリゴリには剣も鑓《やり》も弓箭《きゆうせん》も通用しない。それどころか、暴走するグリゴリに巻き込まれて弾き飛ばされ、踏み潰されて無惨《むざん》な死を遂げる者があとを絶たなかった。

そして。ついに、黒鏡を支えているグリフォン像がみしみしと軋んで表面がひび割れた。

——瞬間。黒鏡の表面が泡立ち、渦を巻くように音もなく裂けた。そこに現れたのは、透き通った光の通路だった。

そこをめがけて、グリゴリたちは雄叫《おたけ》びを上げながら我先にと突進していった。

「門が……破られた」

マルカーンがごくりと息を呑む。

「下界への門が……自由への扉が開かれた」

リーブラが掠《かす》れた声を漏らす。

その間にも、グリゴリたちが黒鏡に殺到する。

ニスクロは下腹に力を込め、歓喜の声を張り上げた。

「行くぞッ。この機を逃せば我らに活路はない。遅れるなッ」

その合図とともに白翼天使の一団は止まり木から勢いよく舞い上がり、疾風のように門を突き抜けた。

輝ける者《エロヒム》

天上界第四天〈マハノン〉。

十二の壁の中に十二の塔がそびえ『神《創造主》』の大聖堂をいただく聖地。

はるか天空から降り注ぐ陽光は、無言の詩歌《しいか》を奏でる錦繍《きんしゅう》であった。

幾重もの輝きは緩やかな時の流れに刻々とその色を変え、光の粒は空中を乱舞し、やがて、溶けて流れるように大地へと注ぐ。慈愛を込め、絶え間なく……。その雫《しずく》を浴びて、大地を綾なす花々はむせ返るほどに甘く咲き乱れていた。

百花繚乱《ひゃっかりょうらん》。

視界を埋め尽くす鮮やかな光彩と甘く漂う芳香との交響に、〈サグン〉での事件の疲れもようやく取れたルシファーは、上空からただうっとりと魅入った。

（あぁ……。さすが〈マハノン〉は天上界随一の馨《かぐわ》しき楽園だな。いつ来ても、変わらず華やかで美しい）

知らず、感嘆のため息が漏れる。

〈マハノン〉は神域でもある。楽園の変わらぬ平穏は、この地を守護する者たちの並々ならぬ忠節の賜《たまもの》でもあるということだ。

天空からゆったりと舞い降りてくる霊翼は燦然たる黄金の輝きであった。競って咲き誇る花々も、光が織りなす輝きも、彼の前では自らその足下に頭《こうべ》を垂れる。それは、ルシファーが天の御座を巡る熾天使《セラフィム》の中でもっとも『神』に愛されし者だからだ。

「聖なるかな、聖なるかな、聖なるかな。昔いまし、今いまし、のち来たりたまう主たる全能の神……」

涼やかなる声で三聖頌《トリスアギオン》を口ずさみ、ルシファーは祝福する。優雅な足取りで大地を歩きながら、視界に映るすべての生命の輝きを。

――と、そのとき。

「ルシファーーッ！」

突然、張りのある声がルシファーの耳を打った。

声につられて見上げた蒼穹の中、火焔車《オファニム》を駆るラファエルがいた。火焔車は同じ熾天使であってもラファエルにしか扱えない、界渡りの戦車《いくさぐるま》でもある。

座天使《トロウンズ》が従事する第三天〈ラキア〉。その統轄者でもあるラファエルが支配違いの領域まで火焔車を駆り出すとは、ただ事ではない。

光子の翼は念じるだけですぐに発現する。霊翼に力強いしなりを込めて、ルシファーは軽やかに大地を蹴《け》って舞い上がる。一瞬のうちに、ラファエルのそばへと。

灼熱の火焔車をものともせず、なんの苦もなくすんなりと同乗する剛胆さは天使長ならではである。

だが。

「何があった？」

問いかける口調に、いつもの笑みはなかった。

「グリゴリが〈シャマイム〉の門を破って下界へ逃亡した」

ラファエルは眉間にありありと苦渋を刻んで言った。

「――何人？」

「およそ、二百だ」

事もなげに返された言葉が孕む事態の重さに、ルシファーはため息ともつかぬものを漏らした。

「……多いな」

「首謀者はニスクロだそうだ。莫迦《ばか》な奴だ」

ラファエルは憤激を込めて吐き捨てる。

「自ら堕天するだけでは飽きたらずグリゴリを煽動《せんどう》して逃亡を図るとは。まったく、莫迦すぎて話にもならぬ」

下級とはいえ、権天使《プリンシパリティーズ》の近衛《このえ》候補たる者が自らの意思で堕天することに憤怒を覚えるのか。それとも清廉《せいれん》なる『神』の波動も、第一天〈シャマイム〉の果てまでは届かぬことが嘆かわしいのか。

口の端で噛み殺すラファエルの苦渋が、ルシファーにもよくわかる。

全能の『神』である天の御座は、広大なる七つの天と七つの大地を持ち、亜領である異端界まで含めると果てがない。

天の御使えはそれぞれが定められた領域で『神』が放つ至高の光と共振しながら、日々、己の務めを果たすことを至福とする。

だが。天使は、自由に思考することが許される。

それゆえ——天使は堕落する。

そう、堕落するのだ。与えられたものでは満足できず、驕《おご》りと欲望を御しきれない者が必ず出る。

特に下界との境界である〈シャマイム〉は、精神的にも肉体的にも、常に堕落の誘惑に曝《さら》されていると言っても過言ではない。監視者が一線を越えて観淫者《かんいんしゃ》に成り下がるのは充分予期されたことでもあった。

そこで己を御しきれるかどうかで、その後の明暗が分かれる。ある意味、試練でもあるからだ。ニスクロを〈シャマイム〉に送り込んだ者は、ひどく失望——いや、憤激しただろう。ニスクロを見込んで引き上げるための試練に耐えるどころか、とんでもない事件を引き起こしてしまったことに。

天の御使えにとって自らの堕天は、原罪以前の、己の存在意義を根本から覆す大罪である。にもかかわらず、天使は堕落するのだ。あたかも、それこそが天の配剤《神》——一種の予定調和でもあるかのように。

ラファエルの苦渋は、裏を返せば数多の御使えを束ねる者の苦悩でもある。それは同時に、天使長たるルシファーの扞格《かんかく》でもあった。

「捕縛には誰が出ている？」

「ミカエルとウリエル。それに、たぶん……ラグエルも出ているだろう。ガブリエルは〈シャマイム〉の門を修復しているはずだ」

「ミカエルに、ウリエルか。では、わたしの出る幕はないな」

あっさりとルシファーはつぶやいた。

皮肉でも謙遜《けんそん》でもない。それが確たる事実だと、ルシファーは誰よりもよく知っていた。

ラファエルもまた、異を唱えなかった。いや——ある意味、ルシファーよりも辛辣《しんらつ》ですらあった。

「なまじ頭の切れる奴は、策に溺《おぼ》れて足下を見失う。いくら抜け目のないニスクロでも、あの二人が相手では駆り出されるのも時間の問題だろう」

ルシファーに否はない。

「グリゴリを煽動して堕天したとなれば恩寵《おんちょう》もきかない。捕獲されて、第六大地《アルクァ》の監獄《ゲヘナ》に叩き落とされるのがせいぜいというところか。それも、まぁ、狩った相手がミカエルであれば……の話だが。ウリエルでは、ゲヘナどころでは済むまい」

天上界の『神の炎』と尊称される大君主ウリエルは、廉潔さを誰よりも尊ぶ《義》の御使えである。死と恐怖を具現する〈タルタロス〉の支配者でもあり、信義に叛《そむ》いた者に対しては一片の情もかけないことでその名を馳《は》せている。

ウリエルの前では、罪深き者はその魂まで永劫《えいごう》に罰せられるのである。

天の御座で『神』の慈愛と光輝に共振する熾天使の大君主たちは単に美しいだけではない。

ミカエルは『焔の剣』と呼ばれる聖剣《マキナ》を持つことを許された、ただひとりの偉大な闘士であり。

智天使《ケルビム》の長たるガブリエルは、優美な容姿にはそぐわぬほどの剛胆さでもって〈シャマイム〉を統治する。御座の君主の中でももっとも快活なラファエルですら、統治する〈ラキア〉に幽閉された堕天使たちには非情な主として畏怖されていた。

そして。そんな彼らをひとつに束ねる天使長ルシファーは、天上の輝ける白熱の雷光《いなびかり》であった。涼やかなる声も、慈しみの光を放つ黄金の輝きも、事あれば吼ゆる獅子のごとく天空を裂き大地を焦がす炎となる。

ただ敬愛されるだけでは御座の君主は務まらない。支配者たる尊厳と畏怖の念——それこそが最も重要な資質であった。

「ともかく、これから天地界へ降りてみようと思う。各層に能天使《パワーズ》を放ってグリゴリを追わせてはいるが、さすがに今回は堕天者が多すぎるのでな」

暴徒化し、凶暴化したグリゴリは〈シャマイム〉にいたときとは別人格になる。油断は禁物であり、事態は予断を許さない。

「万が一にも、あの二人がニスクロごときを狩り逃すとは思えないが、グリゴリに下界の気は毒がありすぎる。歩き出した時間も気になるしな」

「そうだな。では、わたしは第七大地《テベル》を。ラファエル、おまえは第二大地《アダマ》を頼む。堕天したとなれば、グリゴリとて必死だろうからな。追っ手を避けるために下界へは降りず、ほとぼりが冷めるのを待っているとなればそこしかあるまい」

大きく頷いてラファエルは静かに火焔車《オファニム》を西へ回すと、一気に天空を駆け上がった。

神の子――と呼ばれながら『神』との合一から最も遠い半人亜種のグリゴリは、観淫者として堕天すると地上を歩く。

廉潔なる『天の門』を破ったその瞬間から、グリゴリは神の子でも人の子でもない邪悪な異形と化していくのだ。不純で邪《よこしま》な誘惑に満ちた下界での姦淫《かんいん》は、更に、その魂まで歪《ゆが》めてしまう。

自らの意思で堕天したニスクロに、ルシファーは一片の同情も感じない。それどころか、権天使の近衛候補として名前が挙がるほどの御使えが逃亡のために最下級のグリゴリを煽動したことに、憤怒さえ覚える。

しかし。魂を剝《む》き出しにされて永劫の業火《ごうか》で灼《や》かれる光景は、できれば見たくないと思ってしまうのだ。犯した罪は罪として、それに相当する罰を与えて償わせることが『神』の恩寵ではないか——と。

ウリエルは、それは信義にはそぐわない甘さだと辛辣に斬《き》って捨てるが。光の道筋がなければ、真の更正はあり得ない。

蒼穹を抜く火焔車は、一条の熾《おこ》れる炎の疾風であった。

ラファエルはもとより、軽く腕を組んだまま前を見据《みす》えるルシファーは身じろぎもしない。細絹のごとき金髪がなびくにまかせたまま、眉《まゆ》ひとつ動かしはしなかった。

火焔車は疾走する。

だが。十二の塔がそびえ立つ〈マハノン〉の果ては見えなかった。


天地界第一大地〈エレス〉は、巨木の生い茂る樹海であった。

深緑、暗緑、青緑、明緑、薄緑。一面、緑の濃淡で覆い尽くされて大地は見えない。

そんな中。ニスクロは木々の隙間《すきま》を超低空飛行で掻《か》い潜《くぐ》りながら、迫り来る追っ手から必死で逃げていた。

くそッ。

——くそッ。

——くっそぉおッ。

内心の罵声《ばせい》が止まらない。奥歯を軋らせながら、ニスクロはただひたすら終わりの見えない逃避行を続けていた。

こんなはずではなかった。

いったい。

——なぜ。

こんなことに。

堕天した以上、追っ手が来るのは予測の範疇《はんちゅう》でもあった。

天上界の威信に懸けても追ってくるだろう。天上界の猟犬——の異名を取る能天使は、堕天使を狩ることに執念を燃やす狩人だった。

だが、逃げ切れると思っていた。下界に降りてしまえば双翼には数十倍の霊力が宿ると言われている。人間に擬態することもできるからだ。

そうやって、いまだに能天使の目を逃れている堕天使がいることはむしろ公然の秘密も同然であった。たとえ、それが稀少《きしょう》な成功例であったとしても、皆無ではないことが堕天を目指す者の指針であるのは間違いなかった。

とりあえず、下界に紛れ込んでしまえばどうにかなる。下界の次元層には人がひしめき合っている。はっきり言って、どの界層に辿《たど》り着くかは運任せのようなものだが、大海の中から一粒の泡を見つけ出すようなものであるからだ。

しかし。この状況は、まったくの計算違いであった。

〈シャマイム〉の門の先には下界がある。

――はずだった。

門が開けば即行で下界へ行けると思っていた。伝承によれば、そうだからだ。

禁忌の果てに自由がある。門を潜ることができれば、誰にも束縛されない。

だから、計画には万全を期した。念入りに。

そして――成った。

〈シャマイム〉の門は破られた。望みは叶った。

――はずであった。

けれども。ニスクロが思い描いていた通りにはならなかった。

門を潜った先にあるのは下界ではなかった。

わからない。黒鏡を突き抜けたとたんに白濁とした渦に呑み込まれて、身体の感覚がなくなるほどの錐揉《きりも》み状態から吐き出された先にあったのは見渡す限りの原野であった。

人の気配などどこにもなかった。

(どこだ……ここは)

それを思い、振り返る。後に続いていた者たちが気になって。

そして、気付いた。自分以外、誰の姿もないことに。

(……嘘だろ)

ニスクロの背後には、確かに同胞がいた。自由を得るためには堕天も厭《いと》わないという勇者たちが。

なのに。今、この場にいるのはニスクロただ一人であった。

(どうして?)

——わからない。

当然のことながら、〈シャマイム〉の門を潜ったのはこれが初めてのことだからだ。

簡単に突き破れるとは思っていなかったが、計画は成った。自分たちの信念が試されて、野望は叶った。

——かに見えただけ、なのだと知った。

(——なぜだ?)

ここは、どこだ？

同胞たちは、どこに消えた？

なぜ、自分一人だけがこんなところにいる？

わからない。

解《げ》せない。

どうなっているのか、まるで……読めない。

胸が震えるほどの歓喜の先に、まさか、こんな結末が待っているとは予想もできなかった。

ニスクロは、しばし途方に暮れた。この先、何をどうすればいいのか……わからなくて。こんなことは予定にはなかったからだ。

と——そのとき。不意に大気が振動した。

はっとして、上空を見上げると。雲ひとつない蒼穹の彼方に熾天使降臨を告げる聖霊紋が発現した。

宙《そら》に燦然と輝く真紅の紋様。それが誰のものであるのか、天の御使えならば知らない者などいない。

「あれは……ミカエル様の……」

ニスクロは絶句し、次の瞬間には、その場から一目散に逃げ出した。

なぜ。

――ミカエルが。

どうして。

――こんなところに。

いったい、なんのために。

――現れ出《いで》たのか。

そんなことは決まっている。堕天した大罪人であるニスクロを捕縛するためだ。

ニスクロは蒼白になった。顔面は引き攣《つ》り、心臓は縮み上がり、狂ったようにがなり立てる拍動で視界が歪んだ。

白翼をしならせ、ニスクロは全速力で鬱蒼とした樹海へと逃げ込んだのだった。

（違うッ）

こんなはずではなかった。

（これは何かの間違いだッ）

下界に堕天したあとは、手にした自由を思うさま謳歌するつもりだった。まさか、こんな状況は予測もしていなかった。

ニスクロは必死の形相だった。木々の隙間をぐねぐねと縫うように飛行し、ミカエルが放つ霊撃を掻い潜る。それでも、すべてを避けることは不可能で、白翼は薄汚れて斑《まだら》に焼け爛《ただ》れていた。

痛い。

……熱い。

…………灼ける。

それ以上に、畏《こわ》い。

自分を狩り立てているのが『神の闘士』だと思うだけで、ニスクロは頭の芯《しん》が痺《しび》れるような恐怖を感じた。


（ニスクロも、存外しぶといな）

ミカエルは舌打ちを漏らす。

逃げ回るニスクロを弄《もてあそ》んでいるわけではなかった。うねうねと伸びる樹木の枝が邪魔で、決定的な一打を浴びせることができなかった。

焔の剣で一撃を放てばニスクロごときは簡単に仕留めることはできるが、そんなことをすれば樹海は炎の海と成り果てる。それは、避けなければならない。

大罪を犯した者は生かして捕獲することが重要なのだ。罪を贖《あがな》わせる前に簡単に殺してしまっては、意味がない。

（捕まったが最後ゲヘナに幽閉されるとなれば、形振《なりふ》り構わず足掻《あが》きまくるのも道理か）

だからこそ、ニスクロも死に物狂いなのだ。

堕天使の成れの果てならば、御使えならば誰でも悪物語のように脳裏に刻まれている。それでも、戒律も禁欲もない自由……を求めて堕落する者があとを絶たない。

(すべての禁欲から解き放たれる自由? そんなまやかしに踊らされる莫迦どもにかける情けなどないがな)

自らの堕天のためにグリゴリを煽動しただけでも愚の骨頂であった。

(いいかげん、けりを付けさせてもらおうか。私も、それほど暇を持て余しているわけではないのでな)

内心でひとりごちて。ミカエルは飛翔しながら腰に佩《は》いた剣を抜き放ち、一気に加速すると、ニスクロの行く手を阻《はば》んで追い込むように次々と大木を一刀両断にした。

切り倒された大木は変則的にばきばきと轟音《ごうおん》を立てて、周囲の木々を薙《な》ぎ倒していく。

木々の隙間を縫うように地面すれすれを飛んでいたニスクロは逃げることもできず、もろにそのあおりを喰らって大地に叩き付けられた。

「うわぁぁぁ〜〜〜ッ」

ニスクロの悲鳴が轟音に掻き消される。

土埃《つちぼこり》が盛大に舞い上がり、すべてが沈静化すると。ミカエルは金色の霊翼をはためかせてゆっくりと下降した。

「たしか、このあたりだったな」

耳を澄ますと、折り重なって倒れた木々の下から微《かす》かな呻《うめ》き声がした。

ミカエルは声がしたあたりの倒木を念力で持ち上げ、一瞬にしてすべてを粉砕した。天上界最強の戦士と称えられるミカエルにとっては雑作もないことであった。

ニスクロは激しい痛みに喘《あえ》いでいた。身体を覆う倒木の重圧から解放されても、身じろぎひとつできなかった。斑に焼け焦げた白翼が複雑に折れ曲がっていたからだ。

それを見て、ミカエルは冷然と呟《つぶや》いた。

「翼は折れてしまったか。……邪魔だな。斬り捨てるか」

なんのためらいもなく、ミカエルはニスクロの両翼を叩き斬った。

「ギャアアアッ！」

血反吐《ちへど》を吐くような絶叫が谺《こだま》した。

だが。ミカエルは眉ひとつひそめはしなかった。

「たかが翼を失ったくらいで騒ぐな、ニスクロ。どうせ、ゲヘナでは翼など腐れ落ちるだけの無用の産物だ。その手間が省けただけでも感謝するがいい。おまえは、これから、煉獄《れんごく》を這《は》いずり回って歩くのだからな」

剣を一振りしてニスクロの血飛沫《ちしぶき》を弾き落とし、鞘《さや》に収める。ミカエルは息も絶え絶えなニスクロの両足を摑《つか》んで霊枷を施すと、むんずと摑んで一気に舞い上がった。

変成

天地界第七大地〈テベル〉は山岳地帯である。

緑濃い山は険しく、谷の裂け目は深い。

ここには『神』が創造した様々なキメラ体が、それぞれの領域で調和して生息していた。食物連鎖はあるが、種を食い潰すほどの天敵はいない。自然のままに生き、自然のままに死んで土に還るのだ。

だが。光あふれる天上界に住み慣れた者は、この大地に降りたって初めて〈テベル〉の寒暖の激しさと明暗の深さに驚嘆する。まして、ここには食べ慣れた蜜《みつ》もなければ果実もない。追っ手を逃れて身を隠すには絶好の場所だが、寒さと空腹感、それに勝る孤独に耐えられるかどうか。

ニスクロのような確信犯ならいざ知らず、堕天したグリゴリは門を突き破るための道具にされた捨て駒にすぎない。それでも。禁忌の門を突き破ってしまえば咎人《とがにん》なのだ。

ルシファーは注意深く、低めにゆったりと大きく旋回しながら気息を整えた。

そうして。この界の住人に害を為さない程度に霊気を放射した。慈愛を込めて。言葉ではなく、光彩と音律による意思伝達である。熾天使《セラフィム》にしかできない高霊威であった。場所を変え、繰り返す。怯《おび》えて疲れきったグリゴリならば、もしかしたら霊波動に惹かれて出てくるかもしれない。そう思った。

〈シャマイム〉の門を破ったとはいえ、ここは『神』の封土だ。下界の地を歩いているわけではない。ならば、まだ、救いの手を差し伸べる価値もあるだろう。

罪は、真摯《しんし》に悔い改めることで半減されるのだ。恩寵はそのためにある。

罪科を厳しく咎めることだけが、天使長の役目ではない。救いを与えることも必要だとルシファーは思っていた。

幾度目かの放射で、微かな共振があった。

ルシファーは冷涼すぎる大気の中を緩やかに滑りながら、谷底へと降りていった。

廉潔な薄闇を縫うように、水の流れる音がした。

黄金色をまとったルシファーが谷底に降り立つと同時に、岩盤の陰から二人のグリゴリが転《まろ》び寄った。

寒さとひもじさに耐えかねていたのだろう。手を、足を、顎《あご》を……がくがくと軋るように震わせ、巨体を折り曲げ全身全霊で許しを請うてルシファーの足に口づける。ひたすらの慈悲を願って。

哀れ……だった。

末端の〈シャマイム〉とはいえ『神』の御心とあるときには心穏やかな日々を送っていた身が堕天とともに骨相さえ変わり、薄汚い異臭を放つだけの野人に変わり果ててしまっている。

（やはり、獣化が始まってしまったか）

〈シャマイム〉の門は『神』の結界である。聖なる天門を破った瞬間からグリゴリの身体は毒に蝕《むしば》まれて異形へと変貌《へんぼう》していく。それでも、赤く濁った双眸にはまだ意志の欠片が残っていた。

ルシファーは深々とため息を漏らしグリゴリの蓬髪《ほうはつ》を撫《な》でた。

「〈シャマイム〉の門を破った罪は重いが、悔い改めるにはまだ遅くはあるまい」

グリゴリは濁った双眸を潤ませてだみ声を震わせ、ルシファーの指にむしゃぶりつくように幾度も口づけた。腹を空かせた赤子が乳をねだるかのように。

しばしの間、ルシファーは為すがままにさせておいた。

ルシファーの本質は、光の炎で万物を浄化することである。それは、不浄なものを廉潔な炎ですべて焼き尽くすということであった。

もはや『神の子』とは呼べないほどの異相を呈したグリゴリを、限りなく元の姿に返してやる癒《いや》しの霊力をルシファーは持たない。それゆえ、ひもじさと寒さに打ちひしがれているグリゴリにわずかばかりの精気を分け与えてやろうとしたのだ。

そのとき。

頭上から一条の閃光《せんこう》が薄闇を裂いて走った。音よりも速く、深く切れ込んだ谷間へと一直線に。

それは、際立つルシファーの光輪の端を掠めて共振すると先端が爆《は》ぜ割れて七条の炎の蛇となり、ルシファーの指に無心にむしゃぶりついていたグリゴリの肩を、腕を、足を射抜いて反転した。ほんの一瞬の間に。

「うぎゃや〜〜ッ」

「がぎぃい〜〜ッ」

喉《のど》を灼くかのような悲鳴とともに、グリゴリの巨体が軽々と宙づりになった。

一瞬、双眸を見開いて。ルシファーは、微かに眉をひそめてはるか頭上を仰ぎ見た。

闇に浮き立つ金色の霊翼は、おそらくミカエルだろう。その向こうに、火焰車《オファニム》とおぼしき輝きがあった。

炎の蛇はミカエルにしか御せない聖剣から発せられたものである。

大気を裂き、水をも弾く光の鞭《むち》は、堕天使の生体磁気に反応してその肉を喰らうのだ。確実に。何人《なんぴと》たりとも、その鋭い顎《あぎと》から逃れる術《すべ》はない。

見上げた視線の先で、二体のグリゴリの巨体がみるみるうちに遠ざかっていく。まるでルシファーの甘さを咎めるかのように。情け容赦もなく……。

ルシファーは何とはしらず、深々とため息を漏らした。

(無駄な情けはかけるなということか)

そうして、霊翼に力強い一振りをくれて舞い上がった。高々と……。


〈マハノン〉の果樹園は光に満ちあふれた陽だまりだった。堕天使とグリゴリの逃亡劇という外界の喧噪《けんそう》も、馨しき楽園には届かない。

火焔車を〈ラキア〉へ戻し、再び〈マハノン〉に降り立ったラファエルは、ルシファーとガブリエルとともに卓台を囲み聖なる蜂が蓄えた極上のマナ蜜の酒を酌《く》み交わして、ひとつ大きく息をついた。

「やっと、終わったな」

「ミカエルは、どうした?」

さりげなくルシファーが問う。

「ウリエルとともにアルクアへ向かった」

「……そうか。とにかく、堕天したグリゴリを一人残らず捕縛できてよかった」

ニスクロたち堕天使よりもそれが一番の気掛かりだった。

「異形《デーモン》に成り下がった者は、どのくらいいる？」

「原形を留めている者を数えたほうが早い。おそらく、十人に満たないだろう」

ガブリエルの口調は苦渋に満ちている。

「ほぼ全滅か」

ルシファーも苦虫を嚙み潰した顔つきになった。

「堕天した数が数だからな。捕獲に時間がかかりすぎた。ただの獣化で済んだ者はまだましだが、中には完璧に変形《へんぎょう》した者もいる」

「おまえも、後始末で頭が痛かろう」

皮肉ではなく、だ。

今更肯定するのも業腹だと言わんばかりにガブリエルは杯を干した。

「異形に変形した者は見境なく人を喰らうからな」

「しかも、犯した女は必ず孕む。人の子は十月十日《とつきとおか》だが、産み付けられたデーモンの卵は十日で孵化《ふか》する。腹を食い破ってな」

「そして、人に擬態する……か」

異形化したグリゴリよりも、更に厄介だった。

「人の形《なり》をした怪物は、人を喰らうことでしか生きてはいけない怪異だ。首を切り落としただけでは死なない。心臓を抉《えぐ》り出して焼いてしまわねば何度でも再生する。それだけに、ニスクロの罪は重い」

「煉獄でその身が腐り果てるまで生き地獄を味わうだけでは生温いか？」

ラファエルがそれを口にすると。

「堕天はそれだけでも大罪だが、そのためにグリゴリを煽動したともなれば、その罪は万死に値する」

ガブリエルは冷然とした口調で辛辣に断言した。

「たとえ肉体が朽ち果てても、魂は永遠に救われはしないがな」

ひっそりとルシファーが漏らす。

三者三様の、束の間の沈黙が重い。

ルシファーは杯をゆらゆらと弄びながら、ふと、思い出したようにラファエルを見やった。

「ニスクロは従者《シャヘル》を持っていると聞いたが……どうなる？」

「主人が堕天したのだ。当然、シャヘルも断罪される。それが決まりだ」

ラファエルの口調に淀《よど》みはない。『神』の思惟と純粋な愛の光を共振する熾天使でさえ、従者の価値はその程度でしかないのだ。

「断罪……か。それではあまりにシャヘルが哀れだろう」

ため息まじりに、つい本音が漏れた。

「掟《おきて》は掟だ。天使長であるおまえが、私情でものを言うな」

手厳しい正論である。

「そうだったな。思っても、口に出すべきではなかった」

気のおけない友人同士の会話であっても、やはりけじめは必要である。

「おまえは、本当に、上の者には厳しいが下の者には甘い」

ガブリエルが今更のように言った。

するとラファエルが思案げにルシファーを見やった。

「ルシファー。この際だ。はっきり聞いてもいいか？」

「何をだ？」

「おまえ、まさかとは思うが……『儀式』のやり方を知らないわけではあるまいな？」

思いもかけない問いかけであった。ルシファーは一瞬呆気《あっけ》にとられ、次いで苦笑した。

「知っているさ、もちろん。わたしはただ、シャヘルを持つ気がしないだけだ。心配してくれていたのか？」

「いや……。そうではない。俺が心配しているのは……」

ラファエルが口を濁すと。

「ラファエルが気にしているのは……いや、私もだが。ミカエルがおまえを見る目だ」

ガブリエルが低く切り出した。

「……え？」

どきりとした。まさか、二人の口からそんなことを聞かされるとは思わなくて。

「まさか、知らない……とは言うまいな？」

「――知っている」

ルシファーは微かに目を伏せた。たとえこの場で否定したところで、二人は簡単に誤魔化されてはくれないだろう。

「ミカエルが真に何を望んでいるのも、か？」

ここまで来たら何を聞いても同じだと思ったのか、ラファエルは容赦がなかった。

返す言葉に詰まって、ルシファーは手にした銀杯を握りしめた。

「目は、心を映す真実の鏡だ。まやかしも、誤魔化しもきかない。ミカエルは天上界一の剛の者だ。気質の激しさを理知の力で封じているだけのことだぞ、ルシファー」

暗に、責められているような気がした。

――いや。そう思うのは、たぶん、ルシファー自身がわだかまりを感じているからだ。見てしまったものを、あえて見なかった振りをし続けているという痼《しこ》りが。

「今日ほど、まざまざとそれを思い知らされたことはない。おまえがグリゴリに情けをかけて精気を分け与えていたとき、ミカエルがどういう顔でそれを見ていたか……わかるか？」

ルシファーは思い出す。あのとき、ミカエルのそばには火焔車があったことを。

「ミカエルの聖剣から炎の蛇が繰り出されたとき、あのままグリゴリどもを瞬殺してしまうのではないかと思わず肝が冷えたぞ」

なんの忌憚《きたん》もなく、ラファエルはいっそきっぱりと言ってのけた。それほど、ミカエルの想いの根は深いのだと、ルシファーに知らしめるかのように……。

「それは……無駄な情けをかけるなというミカエルの叱責《しっせき》だろう」

そう、思いたい。それ以外に答えようがなくて。

だが。

「そうやって本音をすり替えるのも、いいかげん限界に来ているのではないか？」

ガブリエルにすら、心の揺らぎを見透かされてしまう。

「おまえたちも、そうだが。今も昔も、わたしにとってミカエルは至高の友だ。信頼の絆が容《た》易《やす》く切れてしまうとは思えない。いや……思いたくない」

嘘偽りのない、ルシファーの本音だった。

「だが。私たちの目から見れば、しごく危うい。張り詰めたものがいつ切れてもおかしくはないほどにはな」

そこまできっぱりと断言されて、ルシファーはしばし言葉を失う。

「とりあえず、形だけでもいい。できるだけ早くシャヘルを選べ。おまえが儀式に則《のっと》って正式なシャヘルを持てば、少しはミカエルの熱も冷めるだろう」

「私も、それを勧める。中途半端な温情はかえって毒になる。これ以上、ミカエルに無駄な期待はさせるな」

暗に、二人は明言する。ミカエルはルシファーのすべてを欲しているのだと。

――それはない。

即否定できないのは確信がなかったからかもしれない。

「――わかった。忠告は忠告として、ありがたく受け取っておこう」

深く頷いて、ルシファーは一気に杯を干した。


熾天使の安息地である浮城『スラン＝ディーバ』は、第七天〈アラボト〉にある。中央部が高く尖《とが》り下部になるほど裾《すそ》広がりになったそれは、まさに天空の城であった。

日々の務めを終えた熾天使たちは黄昏の鐘の音が天空に響き渡ると、各々、休息を取るために蒼穹に浮かんだ煌びやかな居城に舞い戻るのだ。金色に輝く霊翼が一斉に浮城を目指して羽ばたく様は、まさに壮観であった。

天上界を統治する大君主だけが住むことを許されている私室は、最上階にある。とはいえ、多忙な大君主たちは定刻通りにわざわざ浮城に戻るよりも、自らの統轄地にある執務室を兼ねた別墅《べっしょ》で寛《くつろ》ぐことのほうが多かった。

その中で唯一、ルシファーは東の座での執務が終われば浮城に戻るようにしていた。座長である自分がいつまでも机にしがみついていたら、配下の者たちが気を遣って帰ろうとしないからだ。実質、細々《こまごま》とした実務をこなしているのは配下の者たちでありルシファーはそれを統轄する立場であるので、今回のような大事でもない限りは定時のけじめを守っている。

霊位の結界が張り巡らされた自室の露台《バルコニー》に降り立ち間戸《まど》を開けて中に入ると、ルシファーは豪華な刺繡《ししゅう》が施された天蓋《てんがい》付きの寝台へと向かった。

「さすがに、疲れた」

まとっていた外衣を脱いで、褥《しとね》に伏した。

通常、君主たちは正装で臨む『集いの日』でもない限りは所属機関の式服を着装するのが習いとなっている。東の座の式服が他の機関のそれよりも華やかなのは、天使長に相応しい権威の表れでもある。突き詰めて言ってしまえば、ルシファーの好みでどうにかなるというものではなかった。

事件そのものよりも、むしろ〈マハノン〉でのラファエルとガブリエルの真摯な忠告が頭から離れない。

「シャヘル……か」

口の端で、ひっそりと呟く。

天の御座を燦然たる光輪で『神』の思惟を共振する御使えは、その階級に応じて、個々に自分の光子を活力として発酵させる従者を持っている。自分より格下の者から好みの者を選び、自分の器であるという刻印《マステマ》をその身体に刻みつけるのだ。

刻印の場所はそれぞれによって違いはあるが、従者として洗礼を受けた者は、その証として股間《こかん》にシャルマリと呼ばれるふたつの宝珠を持つ。

従者は主人である御使えと肉体的に交わることによってのみ、その光子を吸収するのだ。

体内に吸収された光子は時間をおいて熟し、呼吸するたびに肌が独特な香りを放った。高位の御使えの従者ほど、極上のマナ蜜よりも馨しい芳香を漂わせる。しっとりと、艶《なま》めかしく。美々とした、ため息の雫にも似た甘さを……。

熟したものは宝珠をきつく刺激されることで甘美な精蜜となり、御使えはそれを精力として吸い上げる。そこに主人《エロヒム》と従者《シャヘル》との断ちがたい絆があった。

御使えを束ねる君主が特定の従者を持たねばならないという戒律も義務もない。ないが、それなりの地位にいる者で今現在従者を持っていないのは、おそらくルシファーとミカエルだけだろう。

そのことについて、これまで、ルシファーは真剣に考えたことはなかった。従者を持つか、否か。それは個人的嗜好《しこう》の有無ではなく、あくまで主義の問題だからだ。

ミカエルが率いる大天使隊《アークエンジェルズ》は激務だ。我が君主の体調を心配して、副官であるギリアンからも非公式の嘆願が届いていた。ミカエルが従者を持つように、ルシファーからも説得をして欲しい——と。

それは任が勝ちすぎるというより、人選の誤りではなかろうかとルシファーは困惑した。ルシファーこそ一度として従者を持ったことがないのに、ミカエル相手に偉そうに説教を垂れる資格などない。自信もない。

しかし。ギリアンは真剣に我が君主の体調を気遣っていたので、無下《むげ》にもできなかった。

だから酒席での雑談として、それとなく水を向けてみたのだ。説得は無理だが、ミカエルの真意は聞けるのではないかと。

「シャヘル？」

ミカエルは杯を干す手を止め。それは、いきなりどういう趣向だ？　——とばかりにルシファーを見やった。そして。

「今のところ、あるに越したことはないが、なくても別に困らない……というところか」

ざっくりと切って捨てた。

「やることが多すぎて、わざわざ時間を割いて〈マホン〉に出向く暇がない。配下の者は、あれこれと口うるさいがな」

　その理由を口にして。

「人のことより、おまえはどうなのだ？」

　やんわりと切り返された。

「私はヴァーチューズとアークエンジェルズ隊を仕切って〈マハノン〉を統轄するだけだが、おまえは東の座の大君主にしてすべての御使えを支配する天使長だ。そんなおまえがいつまでも独り身では、それこそ示しがつくまい？」

　皮肉でも、茶化しているのでもないことは明白だった。

　ルシファーは苦笑するしかなかった。それは、ルシファー自身、再三言われてきたことであるからだ。

「天上界の至宝と言われる聖剣を下賜《かし》されたおまえが、何を言う。わたしが天使長ならば、おまえは神の闘士と呼ばれる最強の戦士《つわもの》ではないか」

「だから、活力ならば有り余っていると言っているのだ。特定のシャヘルを必要としないほどにはな」

　それがミカエルの本音であるかどうかは、わからない。しかし。そこまできっぱりと言い切られてしまうと、ルシファーとしてもよけいなことは言えなかった。

「それは、わたしも同じだ。ありがたいことに、天使長はおまえほどの激務ではないからな。

マナ蜜を口にするだけで充分だ」

さりげなく、本心を口にするのがせいぜいであった。

（わたしは嫌なのだ）

己の器であるという烙印《らくいん》を刻みつけて、〈マホン〉の最果てにある館に誰かを一生閉じこめておくのが。

従者——という制度を厭うつもりも非難するつもりもない。ただ……。

（シャヘルと呼ばれる者は、二度と天上界の光を目にすることは叶わない。天の御使えにとって、これほどの嘆きはないのではないか？）

そう思うのだ。

ゆえに、ルシファーは従者を持たない。

たぶん、この先もずっと……。

（だから、ミカエル。わたしは信じていいのだろう？）

あの言葉を。

「信義と友愛を分かち合い、互いの存在を己の片翼として認め合う。ルシファー、私はおまえと二人して『神の双手』と呼ばれることが無上の誇りだ」

揺るぎなき、信念を。

（わたしは信じている。おまえの、その言葉を）

ラファエルとガブリエルが何を危惧《きぐ》していようとも。ルシファーとミカエルは互いの片翼であり、天の御使えとしては双璧なのだと。

飢渇

一点の曇りもない蒼穹《そうきゅう》に、瑞々《みずみず》しく透き通った神への賛美歌が響き渡る。

熾天使《セラフイム》たちの詠歌は厳《おごそ》かでありながらも華々しい。その音色が光輝と混じり合って、あまねく天上界に降り注ぐのだ。慈愛と清廉なる波動を込めて。

天上界第二天〈ラキア〉。

ラファエルが統治するこの地は、別名『祈りの都』とも呼ばれる。『神』への誓願を奉ずるために大小様々な神殿を擁しているからだ。

祈願による霊威は神殿によって異なる。それゆえに、神殿は祭祀《さいし》だけではなくそれぞれの審議の場も兼ねていた。

その日。点在する神殿の中では一番厳《いか》めしいつくりの第三神殿、通称『軍神殿』と呼ばれる扉が重々しく開いて、白銀に輝く軍装のミカエルと大天使《アークエンジエルズ》隊の士官服である黒鎧《くろよろい》をまとった副官のギリアンが、踝《くるぶし》まで覆った編み靴の音を響かせて出てきた。

今日の軍議は、謂《い》わばニスクロ事件に関しての事後報告であった。『神』の思惟《しい》を具現する八大君主のうち、式典の象徴で実務部隊の機関長ではないルシファーを除く七人が集っての円卓会議であった。

そこで様々な論議があり、最終的に〈シャマイム〉の門が修復を終えたとのガブリエルからの報告があって、ようやく一同も安堵《あんど》した。これで、ニスクロ事件も真の意味で終息したと言えた。

「では、ミカエル様。わたくしは〈ゼブル〉に戻り、先ほどのご指示を空挺《くうてい》部隊に伝えてまいります」

ミカエルが鷹揚《おうよう》に頷《うなず》くと。

「ですので、どうか、ミカエル様はお休みになってください。このところご多忙のあまりまともに睡眠も取っていらっしゃらないと、ソランジュが心配しております」

「大丈夫だ」

「いいえ。お顔の色が優れません。お願いですから寝所にお戻りになり、きちんとお休みになってください」

ギリアンは真摯《しんし》に言い募った。普段のギリアンは、ここまで執拗《しつよう》ではない。

（珍しいな。ギリアンがここまでむきになるとは……。さすがに、疲れの色は隠せないか？）

自覚があるだけに、ミカエルは早々に折れた。こんなところで押し問答をするだけ時間の無駄だからだ。

たからだ。

「――わかった。そうしよう」

ギリアンは安堵した。

ミカエルは決して気難しい君主ではなかったが、私的な無駄話を嫌う。それをよく知ってい

「はい。では、行ってまいります」

深々と一礼をして、ギリアンはゆったりと飛翔《ひしょう》した。

（……では、私も久しぶりにクルガーの泉に寄ってみるか）

クルガーは第七神殿の地下にある聖泉である。『神』に祝福された癒しの泉に浸かるだけでも活力が戻る。

せっかく〈ラキア〉にいるのだから、わざわざ浮城の自室に戻って休息するよりもクルガーに立ち寄って静養するほうが早い。

（泉に浸かって、聖蜜《せいみつ》をたっぷり孕《はら》んだシャリカの実をたらふく食らって一休みすれば、疲れもとれるだろう）

それを思い、ミカエルは霊翼を発現させると力強く羽ばたいた。

天然の洞窟《どうくつ》に湧《わ》き出たクルガーの泉に、ミカエル以外の人影はなかった。着衣をすべて脱ぎ捨てて石段を下り、澄み切った湧水《ゆうすい》に浸かる。

地下水脈を源にする湧水でありながら、水温はやや高めであった。身体を浸してゆっくりと寛《くつろ》げるほどに。

まろやかな肌触りが心地いい。蓄積した疲労をゆったりと揉《も》みほぐしてくれるかのようだった。

そうして肉体の疲れが少しなりとも癒やされてしまうと、逆に、身体の芯《しん》から疼《うず》いてくるかのような餓えを意識した。

マナ蜜を口にするだけでは、足りない。聖泉で身体は潤っても喉《のど》の渇きは止まらない。そういう飢渇感である。

特定の従者《シャヘル》を持たないことが、激務をこなすミカエルの心身にどれほどの負担をかけているのか。それは、

「ミカエル様。お願いですからシャヘルをお選びになってください。このままでは、お体が持ちませんッ」

配下の者たちに真顔で懇願されるまでもなく、ミカエル自身、充分自覚していることでもあ

った。

「いいかげんシャヘルを持て、ミカエル。ルシファーと意地を張り合うにも限度があるぞ」

顔を合わせるたびに、ラファエルにもくどくどと言われた。

「神の双手《もろて》と愛《め》でられた御使えが揃ってシャヘルを持たないのでは、配下の者にも示しがつくまい？　おまえの部下からも嘆願書が回ってきているぞ」

嘆願書云々……の真偽は別として、ガブリエルが本気でミカエルの体調を気遣っているのは間違いない。

誰もかれもが、口を開けば同じことを言う。

『シャヘルを持て』

『シャヘルを選べ』

だが。身体の奥底に食らい付いて離れない飢渇感は従者ごときでは満たされない。

──知っている。

──わかっている。

その根源にあるのがなんであるのかも。たぶん、それが永遠に叶《かな》えられない望みであることすらも。

実際、他の熾天使よりもミカエルは霊力を消耗する。それは誰もが知るところでもある。天上界第二位という立場は重責であった。

だからこそ皆が口を揃えるのだ。従者を持て――と。

その一方で、天の御座を為す上級三隊――熾天使・智天使《ケルビム》・座天使《トロウンズ》――のように、彼らの核になる君主以外、まったく従者を必要としない者たちが数多《あまた》いる。

常に〈アラボト〉に身を置き、燦然《さんぜん》たる光輝に浴しているからである。

もっとも神聖なる〈アラボト〉で唯一絶対の『神』の恩寵《おんちょう》を日々共振する彼らにとって、口にすべきものは聖なる祈りとマナ蜜だけであった。

「シャヘル……か」

ひとりごちる言葉の苦さに、知らず自嘲《じちょう》の歪《ゆが》みが浮かぶ。

専用の従者を持たなくなってから、ずいぶんと久しい。

天上界の大君主ともなればマナ蜜と清光だけである程度の活力は保てるが、やはり従者から得られる精力は段違いであった。

『シャヘルを持て』

それを口にしないのは、唯一、ルシファーくらいなものである。そのルシファーは頑《かたく》なな信念でもって、従者を拒む。おそらくは、ミカエルとは真逆の意味で。

『シャヘルを選べ』

それを言われるたびにミカエルは冷微笑であしらってきた。

満たされることのない――餓え。

得られない——渇望。

ならば、従者を持とうが持つまいが所詮《しょせん》は同じことであった。

片翼

『神』の御心を賛美してやまない詠歌《しいか》が響く中、一日の務めを終えたルシファーは浮城には戻らずに〈マハノン〉へと降り立った。

花咲き乱れる大地をゆったりと縫って流れる四本の河。そのひとつである蜜の河の源泉に、霊妙なる清光が滝のように降り注いでいる秘蹟《ひせき》があった。

神事の前には禊《みそ》ぎが欠かせないため〈ラキア〉の神殿には聖泉が付き物だが、〈マハノン〉にも名もなき聖処は数多ある。そのうちのひとつであった。

清光は剝《む》き出しの岩水晶に触れて微妙に屈折する。光の粒が跳ねて捩《よじ》れ、落ちては弾け、くるくると舞うようにほとばしる。目にする角度で、その色彩は千の変化を遂げた。

言葉を呑《の》んでただ魅入るしかない絶景であった。ルシファーに命名権はないので、密かに『万華滝《ジアー＝メリナ》』と呼んでいる。

統治者であるミカエルの許可がなければ立ち入ることもできない聖処であるので、認証として霊石にはルシファーの徽章《きしょう》が刻まれている。いつでも、好きなときに訪れてもいいように。

ルシファーは着衣をすべて脱ぎ捨てて、その燦《きら》めきに身をまかせるのが好きだった。光の雫《しずく》は肌に弾けて快く四肢を刺激し、身体の隅々まで潤していく。それだけで、光環は充分な輝きを放った。

「はぁぁ……」

思わず快感のため息がこぼれた。

ルシファーは、それで満足だった。

特定の従者《シャヘル》から得られる活力は、清光のそれとは比べることもできない濃密さだという。しかし、一度なりともその味を知ってしまったら、もう従者なしではいられなくなる。

それは自覚の有無にかかわらず、従者という肉体の器に身も心も囚《とら》われてしまうということであった。

創造主である『神』以外の誰かに束縛される。

――否である。

だが。

「とりあえず形だけでもいい。できるだけ早くシャヘルを選べ。おまえが儀式に則《のっと》って正式なシャヘルを持てば、少しはミカエルの熱も冷めるだろう」

真摯なラファエルの助言と。

「中途半端な温情はかえって毒になる。これ以上、ミカエルに無駄な期待はさせるな」

ガブリエルの辛辣《しんらつ》な忠告はいまだに耳にこびりついている。

(信頼の絆《きずな》は生命《いのち》の次に重い。わたしは、それを信じている)

御座の霊力を具現するミカエルの美貌《びぼう》を思い描き、ルシファーは自分自身を納得させるようにゆったりと目を閉じた。

緩く……。

――深く。

気息を整え、身も心も解きほぐしていく。

しなやかな裸身が至上の燦めきに溶けてしまいそうだった。髪をたくし上げ、喉を反らし、ルシファーはその心地よさにうっとりと酔いしれていた。

聖処を取り巻く木々に背をもたれたまま、ミカエルは身じろぎもせずに凝視していた。清光が色を変え、ルシファーの裸身に優しくまつわるその様を。

執務を終え、久しぶりに浮城へ戻るつもりだった。蜜の川沿いに飛翔していた、そのとき。

黄金の霊波動が眼下の樹林をざわめかせた。

（あれは……ルシファーの）

ミカエルがすぐにそれと気付くほどの濃密な光環の解放に、木精《きせい》たちが歓喜の声を上げた。

（第三の聖処か）

いちいち名前を付けるのも面倒なので、ミカエルは番号で呼んでいるのだが。ルシファーがお気に入りの秘蹟をなんと呼んでいるのかは知っている。

ジア＝メリナ――だ。

別に盗み聞いたわけではない。木精と花精《かせい》たちが誇らしげに囁《ささや》き合っているのを偶然耳にしただけだ。

天使長直々に『名』を授けられる祝福とは、彼らにとっては栄誉なことであるからだ。たとえ、それがひっそりとこぼれ落ちたものであったとしても。

そして。聖処に降りたって、声を失った。貴《あて》やかな裸身に魅せられて身じろぎもできなかった。

揺らがない視線は、食い入るようにルシファーの裸身を搦《から》め捕る。

眩《まぶ》しげに……。

愛しげに……。

やがては苦しげに眇《すが》められて、微《かす》かに切れ上がった。

天使長ルシファーと、神の闘士ミカエル。

英知と恩寵を兼ね備え、『神』の双手と愛でられた御使えであった。ミカエルの前にルシファーなく、ルシファーなくしてミカエルを語れず。そう、称えられた二人だった。

互いの存在を己の片翼と認め、ともに信頼と友愛を分かち合い、天上界の思惟を具現する双翼として熱い羨望《せんぼう》を一身に浴びてきたのである。

「揺るぎなき友愛……か」

ふと漏《も》らしたその呟《つぶや》きに、唇が苦く歪んだ。

――『神』の双手。

かつては無上の喜びでもあったその言葉の重さが、今は、息苦しい枷《かせ》となってミカエルを呪《じゅ》縛《ばく》する。

片翼……とはただの比喩《ひゆ》であり、真実、ルシファーがミカエルの半身であったことなど一度もない。ルシファーの忠節はただ一人『神』に捧げられていたからである。

(天上界の『光掲げる者』……)

何にも、誰にも穢《けが》されない。清廉なる魂を持つルシファーは天上界の輝ける至宝であった。

そんなルシファーへの想いが『友愛』の一言で片付けられるものなら、これほどまでに血が滾《たぎ》るような葛藤に苦悶《くもん》することもなかっただろう。

始まりがなんであったのか……。今となっては、それすらも覚えてはいない。ふと気がつくと、ルシファーから目が離せなくなっていた。その挙動に魅せられていた。そして、あっという間に囚われた。身も心も……。

幾千もの心を紡ぎ、幾万もの時間をかけて織り上げてきた——想い。

愛……と呼ぶには重く。

身体の芯から、灼熱《あつ》く。

高潔なルシファーのすべてを穢してしまいたくなるような、淫《みだ》らな——欲望。

そう、愛欲だった。禁忌《きんき》の欲求だった。その自覚が、ミカエルにはあった。

ルシファーの一挙一動が、ミカエルの心を様々な色に染めていく。

寂寥《せきりよう》の蒼《あお》。

灼熱《しやくねつ》の赤。

歓喜の黄。

憂いの紫。

そして——絶望の黒。

どれほど真摯に想い、願っても。どんなに狂おしく恋い焦がれても。これから先、幾万の時《と》間《き》が流れようとも。己の望む色には染まらないと知っていた。ルシファーが『光掲げる者』である限り……。

(…『神』の、もっとも愛でたもう天使長でなかったらッ！)

胸に渦巻く激情の落ちる先は、いつも決まってそこだった。

所詮《しょせん》、繰り言だった。迷夢だった。考えても無駄な妄想であった。

けれども、想いは消えない。

――消せない。

想うことをやめられない。

――堰《せ》き止められない。

ルシファーを抱きしめたいと思う情欲と穢してはならないという理性の枷に阻まれて、ミカエルは窒息しそうな気がした。

光輝を纏《まと》うルシファーのしなやかさが、目に染み入る白き裸形が、秘めたる情欲を掻《か》き毟《むし》らずにはいられなかった。荒々しい気の昂《たか》ぶりを鎮める苦渋は、嚙《か》み殺して呑み下すたび血肉の中で澱《おり》のごとく痼《しこ》っていく。

想うことは止められないが、それを口にしない限りは至高の友でいられる。

触れなければ、何も喪《うしな》わない。

その現実が、ミカエルの心を裂いて走るのだった。

(手を伸ばせば……届くのにッ！)

眉間《みけん》を歪めたミカエルの悲痛な想いが声なき叫びとなり、ルシファーを射た。青白い炎を吐きながら貫き走る、一条の閃光《せんこう》のように。

その瞬間。

不意に、ひりりと肌を突き刺すかのような痛みを感じて。ルシファーは弾かれるように頭を巡らせた。

そして、そこに。樹林を背に身じろぎもしないミカエルの姿を認め、一瞬、ルシファーは棒立ちになった。わけのわからない狼狽《ろうばい》と、胸を灼《や》く微かな不安にさざめいて。

ミカエルは見慣れた軍装ではなく略装だった。だからだろうか、いつもよりは印象が柔らかい。なのに、双眸《そうぼう》には灼けるような熱があった。

——いつからだろう。

昂ぶる鼓動に煽《あお》られて、ルシファーは自問する。

いつの頃からか、ふと気が付くと、何か思い詰めたようなミカエルの目があった。

言葉にはせず、けれども、物言いたげなきつい眼差し。直視する視線は折れない。見返しても、逸れない。——揺らがない。

ルシファーは惑乱する。自分の何が、どこが、どんなふうに、ミカエルをそこまで追い詰めてしまったのかわからずに。

ミカエルは至高の友で、それ以上でもなければそれ以下でもない。それは、たぶん、これから先も変わることはないだろう。

考えあぐねて、ルシファーは知ってはいても何も見ない振りをしてきた。

ミカエルが何も語らない以上、詮索《せんさく》は意味がない。いや——突き詰めてしまうことが不安だったのかもしれない。そんなことをすれば、何かが確実に変わってしまいそうな気がして。

密《ひそ》やかな疑義はあっても、それに触れない限りは平静を保てる。

何も……喪わない。

視線を交えたままルシファーはゆうるりと吐息を整え、いつものように軽く頷いて見せた。

そうして、鮮やかな微笑を投げかけることで強すぎるミカエルの眼差しをさらりと躱《かわ》した。

ミカエルは口の端だけで薄く笑った。そして、ことさらゆっくりと歩み寄り。脱ぎ捨てたルシファーの官衣を手に取って、止まった。

「清光浴もほどほどにしないと、かえって毒だぞ」

なんの調整もされていない源泉から湧き出る光子粒は強すぎて、ともすれば肌を焼く。天上界最高位である熾天使《セラフイム》であってもだ。

「……そうだな。あまりの気持ちよさについ時を忘れた」

だが。光掲げる者であるルシファーを清光は慈しみこそすれ、絹肌に傷ひとつつけることはないだろう。

逆に言えば。燦然たる光子が降り注ぐ源泉で沐浴《もくよく》をするような剛胆な者は、天上界広しといえどもルシファーくらいなものである。

〈マハノン〉はミカエルの支配下にあるが、ルシファーと同じことをしろと言われても、即断で『否』と答えるだろう。清光が乱舞する様は見ている分には眼福だが、毒にしかならないとわかっていてあえて沐浴する気にはなれない。天上界一の剛の者であることを自負するミカエルであっても、だ。

見栄は矜恃《きょうじ》とは違う。無駄にひけらかすものでもない。この天上界で、ミカエル相手に、自分ができないことをやってみせろとけしかける者がいるとも思えないが。

「ハラバの光の歪みはどうだった？　直りそうか？」

裸身に煌《きら》めく光の滴をしたたらせ、ルシファーは穏やかに問いかけた。

「あー……」

曖昧《あいまい》に頷き、ミカエルは眩しげに目を細めた。

精気に満ちあふれたルシファーの肌の瑞々しさに、心が……揺れる。

幾度となく噛み殺してきた飢渇感に喉が灼けるような気さえして、ミカエルは思わず息を止める。

「ミカエル。わたしの官衣を」

差し出された腕のしなやかさが目に沁《し》みる。

ミカエルは、こめかみを突き刺すような目眩《めまい》に足下を掬《すく》われたような錯覚に囚われた。

――瞬間。

魅せられて。

切羽詰まって。

何もかもが一気に溢《あふ》れ出てしまうかのように、ミカエルの手から官衣が滑り落ちた。

半ば無意識に差し伸べた手は、気が付いたときにはもう、しっかりとルシファーを抱きしめていた。

ルシファーは一瞬、息を呑んで立ち竦《すく》んだ。

「よせ、ミカエル」

低く、言葉だけで制する。

――だが。

「今、このときだけでいい。ほんの少しだけ、このままでいてくれ。ルシファー、頼む。それだけでいい。ほかには……何も望まぬ」

返されたものは、今まで一度として聞いたこともないような語尾の震えだった。

一瞬のためらいが、ルシファーを金縛りにする。

力をもって拒絶すれば、ミカエルの心の堰《せき》を切ってしまうのではないか。秘めたる気性の荒さは、何よりもそれを望んでいるのではないか。それを思うと、手にも足にも更なる硬直が走った。

「ルシファー……」

頬《ほお》に触れる吐息の熱さが項《うなじ》を這《は》い、腰を抱き寄せる腕にいっそうの力がこもる。何も望まないと誓った唇が、禁を犯してその肌に触れた。

——瞬間。ルシファーは思わず身を捩り、ミカエルの手を振り払った。

そして。瞬時に後悔した。ミカエルの双眸が絶望的な色に染まって眇められたのを目の当たりにして。

違う。

(——そうではないッ)

そんなミカエルが見たかったのではない。

けれども。何をどうしたかったのか。……どうすべきだったのか。ルシファーにはわからなかった。

ただ、苦々しい想いだけが口いっぱいに溢れかえって何も言葉にならなかった。

束の間の沈黙が、重く痼っていく。

その絶望的な重苦しさが、微かに残っていたミカエルの理性を弾き落とした。

――触れなければ喪わない。

理性の枷と情欲の渦の狭間《はざま》で、絶えずせめぎ合っていた激情……。

(だが――もう遅い)

ルシファーの無言の拒絶に、ミカエルは、己の中にある昏《くら》い深淵《しんえん》を見たような気がした。

(信頼は失われた)

――違う。

これまで築き上げてきたすべてを、何もかも……一瞬にして喪ってしまったのだとミカエルは思った。

ルシファーはもう二度と、ミカエルを片翼とは呼ぶまい。それを思うと、グラグラと足下が揺れた。

身体が芯から凍てつくような喪失感は、次の瞬間、昏く渦巻く情欲のうねりとなってルシファーめがけてほとばしった。

(ならば、せめて、おまえが欲しいッ)

昂ぶりが握りしめた拳《こぶし》の震えを誘い、ルシファーの鳩尾《みぞおち》を鋭く抉《えぐ》る。

不意の一撃であった。驚愕《きょうがく》の声すら上げる間もなく、ルシファーはミカエルの腕の中へと崩れ落ちた。

腕にかかる重みは、我が手で断ち切った信頼と崩れ落ちた友愛の重さなのか。

一瞬の後悔が、ミカエルの脳裏を過《よ》ぎった。

だが。微かに伏せた視線を戻したとき、ミカエルはもう何もためらわなかった。

(断ち切れたものは二度と元には戻らない。ならば……新しく作り直せばいい。何もかも、私とおまえで新しい絆を。永遠に断ち切れない縁《よすが》をッ)

ルシファーをきつく抱きしめる両の腕に、それと知れる鋼《はがね》の意志だけがこもる。

(私はもう待たない。退かない。ためらわない。おまえが嘆いても、恨んでも……私はもう、おまえを離さない)

手早く拾い上げた官衣でルシファーを包み、軽々と抱き上げたまま、ミカエルはひっそりと静まり返った聖処の奥へと足を踏み入れた。

滾々《こんこん》と湧き出る蜜の泉は、とろりとした甘い芳香だけが立ちこめている。

集いの日に『神』に捧げる聖杯を泉の蜜で満たす以外、滅多に訪れる者もない。

〈マハノン〉は、ミカエルが支配する聖地である。招かれない者は、この地に降り立つことすらできない。ひっそりと静まり返ったこの地に、今は、ルシファーとミカエルの二人だけであった。

ミカエルはルシファーをそっと花の褥《しとね》へと沈めた。

ルシファーの乱れた金髪を幾度も撫《な》でながら、一房を手に取り口づける。幾万の想いを込めて……。

光の雫しか知らないだろう、肌のなめらかさ。しっとりと潤いのある肌理《きめ》の細やかさを、ゆうるりと指でなぞって確かめる。

誰よりも涼やかな声で三聖頌《トリスアギオン》を口ずさむ――唇。

穢れた異臭を放つグリゴリにすら温情を分け与えた――指。

そうして、改めて息を呑む。いまだ従者《シャヘル》すら持たない貴《あて》やかな裸身に目も心も奪われて……。

ルシファーの頰に、胸に、愛おしさを込めた口づけが降る。

ゆるく。

……きつく。

鼓動の熱さに吐息が震え。

より、深く。

濃厚に……。

そのとき。ミカエルの胸の下で、ルシファーが小さく呻《うめ》いた。

うっすらと開いたルシファーの双眸を濃い蜜色の輝きが射抜く。

それがミカエルの金髪だと知り、ルシファーはただ愕然と目を瞠《みは》った。

首筋をちりちりと刺激する……不安。それに勝る――おののき。ルシファーは、思わず声を荒らげずにいられなかった。

「はな、せッ」

「嫌だ」

ルシファーの双眸を見据《みす》えたまま。

「私は、おまえが欲しい。耐えるばかりの想いは、もうたくさんだ」

ミカエルは苦しげに掻き口説く。

組み敷かれた四肢はぴくりともしない。

そうして、ルシファーは歯噛みする。あのとき、とっさにミカエルの手を振り払ってしまった事の重さが、全身にずしりと食い込んでくるような気がして。

錯覚ではない、現実。

それを思うと、早鐘のように鳴り響く鼓動が喉元まで迫《せ》り上がるのを感じないではいられなかった。

「わたしに……友以上の何を求めるのだ、ミカエル」

抑えきれない動揺に、問いかける言葉も掠《かす》れた。

「信頼も何もかも踏みにじってまで、わたしが……欲しいのか?」

ミカエルの翻意《ほんい》を促すように、ルシファーは半ば祈るかのように言葉を紡ぐ。

しかし。

「──欲しい」

なんのためらいもなく言いきったミカエルの双眸の熱さが……強《こわ》さが、ルシファーには信じられなかった。

「おまえを得られるのであれば、何を捨てても惜しくはない」

ルシファーは絶句することしかできなかった。

――なぜ？

物言いたげに唇は震えても、もはや、言葉でミカエルの心を封じることはできないのだと思った。

ミカエルが、口づけを求めて顔を寄せる。

真一文字に唇を噛み締めたまま、ルシファーは顔を背けた。無言で拒絶することしかできなかった。

ミカエルは片頬だけで苦く笑った。

「おまえには……わかるまいな。形ばかりの片翼でいる辛《つら》さなど。手を伸ばせば、いつでもそこにおまえがいる。なのに、触れることさえ叶わない。私には……信頼という名の枷が重すぎるのだ、ルシファー。言葉だけの片翼などではなく、身も心も、おまえとひとつになりたい。それが、なぜ、いけない？」

「なぜ？　それを聞きたいのはわたしのほうだ、ミカエル。どうして……今のままでは駄目なのだ？　いつでも、どこにいても、心の半分は常におまえと分かち合ってきたではないか」

天上界の双翼――と呼ばれるほどに。

神の双手——と称えられるくらいに。

それが、どれほど誇らしかったことか。

(おまえは、違うのか?)

その想いを込めて、ミカエルを直視する。

「あー、そうだ。いつも半分だけだ。私は、残りの分も我がものにしたい」

それを『強欲』と言わずして、なんと呼ぶべきか。ルシファーは返す言葉を見失う。

「おまえは天上界の誰にでも極上の笑みを投げかける。異形に成り果てたグリゴリにすらだ。それが、一番我慢がならぬ。おまえが天使長である限り、私は嫉妬《しっと》の炎で我が身を焦がし続けるだろう。どす黒い欲望を垂れ流しながら」

ミカエルのきつい眼差しに射抜かれるような錯覚があった。

「だから……力ずくで奪うのか?」

気圧《けお》されまいと、ルシファーは息を詰めてその目を見返す。

常ならば、ミカエルと対等にやり合える自信はあった。

しかし。

——今。

ルシファーは裸身で、ミカエルに組み敷かれたまま腕さえ上がらない。屈辱であった。こんな扱いは。

まともに話し合う気すらないのだと思うと、頭の芯がつくりと灼けるような気がした。

それでも。霊力を発動させてミカエルを撥《は》ねのけることにためらいがあった。本気でそれを為せば、もはや後戻りはできないどころか、甚大《じんだい》な被害が出るのは必定《ひつじょう》だったからだ。

言葉でミカエルを翻意させることはできない。それがわかっていても、ルシファーは力を行使することにためらいがあった。

(――では、どうする?)

どうすべきなのか。

互いの気息を搦め捕らんばかりの沈黙は、相容《い》れない感情が鎬《しのぎ》を削るような鋭さで張り詰めていく。

ひりり……と熱く。

痺《しび》れるような冷たさで。

そして、ミカエルが先にそれを弾いた。

「私は、おまえが欲しい。おまえに恨まれても、蔑《さげす》まれても、それでも……おまえが欲しい。だが、おまえは決して首を縦には振るまい? ならば、愛してくれとは言わぬ。その代わり、この身体だけ……もらおう」

ルシファーは双眸を見開いた。

まさか……という驚愕に、唇はおろか血も凍る思いがした。

「ラファエルも、ガブリエルも、顔を合わせれば同じことを言う。シャヘルを持て、とな。ルシファー。私とおまえの取り合わせは最高だとは思わぬか？」

常とは違う。穏やかな口調とは裏腹の、猛々《たけだけ》しいぬめりのある目つきだった。

「——戯《ざ》れ言《ごと》を、言うなッ」

ひりついたような掠れ声で言い放つ。

「戯れ言？　ただの冗談で『神』が溺愛《できあい》なさる天使長を陵辱《りょうじょく》できるわけがなかろう」

唇の端だけで、ミカエルが冷たく嗤《わら》う。

ルシファーは、全身から血の気が失せていくのがわかった。

そして、放った。問答無用の霊撃を。

しかし。何も起こらなかった。

ルシファーは愕然とした。

ミカエルは、うっそりと笑った。

「ここは私の霊域だぞ、ルシファー。おまえを抱くのに、なんの下準備もしていないと思ったか？　きっちり、結界は張ってある。おまえを封じ込めるためにな」

ルシファーは心底おののく。本当に、自分が丸裸なのだと知って。用意周到に張り巡らされた蜘蛛《くも》の糸で雁字搦《がんじがら》めになっている自分に気付いて。

「言ったはずだ。耐えるばかりの想いは、もう……たくさんだと」

「……ミカエル。自分が、何を言っているのか……わかっているのか。こんな……莫迦《ばか》げたことを『神』がお許しになるはずがないッ。手を、離せッ！」

ミカエルが言っていることが。

――信じられない。

ミカエルの考えていることが。

――理解できない。

ミカエルの為そうとしていることなど。

――容認できるはずがない。

「許すか、許さぬか……試してみる価値はある。そうではないか？　ルシファー。たとえ、怒りの雷《いかずち》を喰らって紅蓮《ぐれん》の炎でこの身を焼かれようとも、永劫、この想いを引き摺《ず》りながら生きていくよりははるかにましだ」

ルシファーは混乱し、惑乱する。

（これは――誰だ？）

見慣れたはずのミカエルの顔が、突然、見知らぬ顔にすり替わる。

「だから――知るがいい。おまえの片翼と呼ばれた者の浅ましくも醜い本性を。おまえ自身の身体でな」

「やめ――ッ！」

あとはもう、言葉にならなかった。

口づけとは呼べぬほどの激しさで、ミカエルが蹂躙《じゆうりん》する。

引き攣《つ》る唇を。

もがく腕を。

抗《あらが》う――足を。

渾身《こんしん》の力を振り絞っても振り払えない、逞《たくま》しさ。軍神さながらの体躯《たいく》を羨《うらや》んだことなど一度もないが、今は、その体格差が心底恨めしい。

もがけばもがくだけ、ミカエルを煽り立てるのはわかっていた。それでも、ルシファーは抗わずにはいられなかった。

ミカエルはなんの躊躇《ちゆうちよ》もしなかった。狂乱じみたルシファーの拒絶を、本来の気性のままに力でねじ伏せようとした。

手も足も腰も……すべてを組み伏せられたまま、ルシファーは今更のように息を呑む。天上界一の剛の者――と言わしめるミカエルの、いまだかつて感じたこともないその魔神めいた荒々しさに。

そして、知る。決して情には流されない寡黙《かもく》な神の闘士が、その裏でどれほどの葛藤を抱えてきたのかを。

深く――強く。搦めた舌の根まで貪《むさぼ》り尽くす唇の……熱さ。

ゆるく……きつく。下肢をまさぐり嬲《なぶ》る指の……淫猥《いんわい》さ。

肌がささくれ立つような悪寒に、思わず、ルシファーの喉が震えた。

つい先ほどまで片翼であったはずの分身に、骨の髄《ずい》まで貪り食われる——錯覚。屈辱が腰を炙《あぶ》り灼くより先に、ルシファーは恐怖した。その、深淵に……。

明確な意志を持って、ミカエルの指が執拗に花芯を嬲り続ける。

影なる従者《シャヘル》——。

冗談でも幻覚でもない現実が、冷たく背筋を這い上がる。

(創造主《神》よッ！)

なんのためらいもなく強靱《きょうじん》な力で身体を押し開いていくミカエルの前に為す術《すべ》もないルシファーは、最後の気力を振り絞るようにその御名を噛み締めた。

たとえ『神のごとき者』と称えられたミカエルであっても、こんな理不尽が許されていいはずがない。

ミカエルが与える感覚のすべてが、天使長たる自負と肉体を同時に苛《さいな》んでいく。その指が力ずくで開かされた最奥へと流れたとき、ルシファーは総毛立つ思いに渾身の力を振り絞って身を捩った。

が——ミカエルの腕から擦《す》り抜けるどころか、叫び声ひとつ上げることも叶わなかった。

唇を貪り吸われながら、昂ぶる鼓動だけが胸を灼いた。

荒く——ただひたすら、荒く。

……昏く。

そして。次に来るであろう衝撃を思い描いて、ルシファーの全身からうっすらと血の気が引いていった。

正式な手順に則った従者の儀式は、まず香油をたっぷり塗《ぬ》り込んだ秘孔を指で丹念に押し開くことから始まる。

自分が選んだ『器』は必要以上に傷つけない。それが、暗黙の決まり事であった。

だが。ルシファーがミカエルを拒絶する以上、決まり事などなきに等しかった。

恐れおののくルシファーの秘孔をミカエルの指がなぞる。ゆうるり、と。何度も……。揺らがない意志の固さを知らしめるかのように。

——いや。ルシファーに覚悟を促すために、かもしれない。もう、どこにも逃げ場はないのだと。

そうして、ゆるゆると忍び入った。固く閉ざされた秘肉を指先でこじ開けるように……。

(ヒッ……あぁぁ～～)

睫毛《まつげ》の先まで硬直させて、ルシファーが仰《の》け反《ぞ》る。声にならない悲鳴に喉を灼きながら。

(神……よッ！)

ミカエルの暴虐《ぼうぎやく》を咎《とが》められるのは、もはや、創造主である『神』だけだと思った。その手で、狂気にも似たミカエルの想いを断ち切って欲しかった。

けれども。その御手にすがろうとする必死の呼びかけに、なぜか……『神』は沈黙したままだった。

(なぜ?　どうして、応えてはくださらないのですかッ?)

ルシファーの悲痛な叫びかけに、蒼穹がにわかに曇る。

暗雲が漂い。

風が——巻き。

咲き乱れる花を、絡み合う二人の金髪を激しく乱して吹き抜ける。

それでも、ミカエルはルシファーを放さなかった。

深々と指を含ませたまま——抉《えぐ》る。情け容赦もなく。

渦巻く黒雲は『神』の怒りか。

膨《ふく》れ上がる雷鳴は『神』の嘆き——なのか。

ぴりぴりと、天を焦がす不気味な鳴動は止まらない。ルシファーの眉間が歪むたび、それはいっそう激しさを増した。

やがて。黒雲を裂いて雷光《いなびかり》が走った。蒼炎の蛇がのたうつように。

蒼白い唸《うな》り声を上げて、閃光が貫く。灼熱の牙《きば》を剝いて。

ルシファー《光掲げる者》を情欲で穢そうとするミカエル《神の偉大な闘士》の背を、射抜かんばかりの激しさで。

蒼炎の蛇が、鋭い顎《あぎと》でミカエルの首に食らいつかんと鎌首をもたげた——瞬間。ルシファーを腕に抱き込んだまま、ミカエルがゆらり……と頭を上げた。

——刹那《せつな》。

牙を剝いたまま、蒼炎の蛇がひくりと立ち竦んだかのように見えた。

剛《はがね》の気性で理性をねじ曲げた蒼瞳の、昏く、凍てつく激情。それは恐れげもなく蒼炎の蛇を見据えたまま、揺らぎもしなかった。

(今一度、その雷撃で、この身をお打ちなされるか? ……『神』よ)

声には出さず、ミカエルが漏らす。ひたすら強《こわ》いだけの意志を込めたまま。

次の瞬間、蒼炎の蛇が咆吼《ほうこう》した。

だが。蛇はミカエルの首を喰らうのではなく、無造作に金髪を束ねた髪留めを食いちぎって聖処の柱を直撃した。あたかも、憤懣《ふんまん》やるかたない激情を御しきれなかったかのように。

『神』はミカエルに対し、それだけの負い目があった。

とある日。『神』は新たなる生命を創造するために、清光の一筋を摑《つか》んで拾い上げたことがあった。だが、それは、魄《はく》を込める寸前『神』の手をするりと擦り抜けた。

魄のこもらぬ光流は、乗り手のない火焔車《オファニム》より始末が悪かった。

凄《すさ》まじい雷光を発しながら光流は縦横無尽に天を焦がし、大地を裂いた。そして、牙を剝いた雷獣のごとく、〈サグン〉の門を目指して駆け上がってきたミカエルの光輪に吸い寄せられ

るように直撃した。

ミカエルはまったくの無防備であった。本来あるべきはずのないところからの凄まじい一撃に胸を射抜かれ、ミカエルは七転八倒して四肢を痙攣《けいれん》させた。

息も絶え絶えに漏れる、呻き。

蒼ざめて引き攣り歪む、美貌。

『神』は、時空の壁が捻《ねじ》れて軋《きし》るほどに悔いた。己の気紛れを……。

癒しの霊光もきかず、今もくっきりと残るミカエルの胸の裂傷。それゆえ『神』はその目ですべてを見通しながら、我が手でミカエルを打ち据えることもできなかった。

ただ、轟《とどろ》く雷鳴だけが、沈黙する『神』の葛藤を象徴しているかのようだった。

その沈黙が、取りも直さず黙認であると知り、ルシファーは愕然とした。

最後の拠《よ》り所であった『神』にさえ見放されてしまったことを悟り、その絶望に打ちのめされた。

もはや。なぜ？ ――と問いかける余裕すらなく。

灼けつくような憤怒が。拭《ぬぐ》いきれない屈辱が。天使長としての誇りさえもが、その瞬間、凍えて……砕けて散った。

更なる追い打ちをかけるように秘孔を強く抉られて。

「くっ……あぁぁぁッ」

ルシファーは思わず背をしならせた。

鮮血まじりに深々と呑まされた二本の指がルシファーの秘肉を裂き、そこから注ぎ込まれるミカエルの光波が身体の内からルシファーを灼いていく。

熱い。

……苦しい。

………灼ける。

こんな責め苦は知らない。聞いた覚えもない。

肉が疼《うず》き。

骨が軋み。

血が——滾る。

迫り上がる鼓動の、心臓を突き破りそうなけたたましさ。

昏い絶望だけがルシファーの耳をつんざいても、わななく唇からは悲鳴すら漏れない。ただただ、とめどなく溢れる涙が頬を濡《ぬ》らすだけであった。

(そうだ、ルシファー。もっと、血を滾らせろ。何も考えられなくなるくらいに。もっと……もっとだ)

失神しない程度にルシファーを締め上げながら、ミカエルは、指で、舌で……唇で、その涙を掬《すく》い取る。狂おしいほどの想いを込めて。

（滾り上がった血の熱さだけが聖痕《せいこん》を作り出す。その証《あかし》を口に含んで烙印《らくいん》を刻んでしまえば、おまえは永劫、私だけのものになる。天使長の義務も矜持も、すべてここに……この手の中に吐き出してしまえ）

聖痕は、秘孔から注ぎ込まれた光波が従者となるべき者の血肉にしっかりと根付いた証である。それは主に腕や足の付け根など、濃厚になりすぎた光波が一番柔らかな皮膚を食い破るようにして発現するのだ。

聖痕が出なければ蜜腺も出ない。

ミカエルは注ぎ込む、想いの深さを己の光波に込めて。

その灼熱感に堪えかねてルシファーの四肢が痙攣を起こすたびに、聖痕が現れる兆候《ちょうこう》はないかと目で丹念に探った。

だが——聖痕は現れなかった。

ミカエルの眉間がわずかに曇った。

ごく希《まれ》に、相性が悪いとでもいうのか、光波をまったく受け付けない者がいる。

ふと、それが頭のへりを掠め走った。もしかしたら、『神』の沈黙はそれを見越していたのではないかと。

同格の者では光波に対する耐性そのものに問題があるのか。それが唇の歪みを誘いかけた、そのとき。小刻みに痙攣するルシファーの唇から、微かな嗚咽《おえつ》にも似た声が漏れた。

低く。尾を引くように、細く……浅く。

それと呼応するように、ルシファーの白き額にくっきりと真紅の聖痕が浮き上がった。〈マハノン〉を守護するミカエルの徴章が。

一瞬、双眸を見開いて息を呑んだミカエルは、微かに震える指先で、ゆうるりとそれをなぞった。

従者の聖痕………。

いまだかつて額に聖痕が浮き出た者などただの一人もいなかった。魂の高潔さとは、こういうところにも現れるものなのかもしれない。

ミカエルは噛み締める。歓喜に昂ぶる鼓動の熱さを、震えを。そして、口づける。我が所有の刻印に。報われぬと知りながら、それでも、永劫の愛を込めて……。

口づけながら、更に指で探る。ルシファーの秘肉を、丹念に。

やがて、ぬるりとした粘膜に埋もれた中にわずかな感触――小さな痼りのようなものが指に触れた。陰核……である。

ミカエルは指の腹でゆるゆると揉みしだいた。

「わかるか、ルシファー。これが、おまえの陰核《タリア》だ。私の精蜜を作り出すための蜜腺だ」

歓喜のあまり、声も掠れてしまうかのような熱っぽい囁きだった。

ルシファーは唇を噛み締めたまま、閉じた睫毛を震わせた。

ミカエルはゆったりとルシファーの膝《ひざ》を押し開き、舐《な》めるように視線を這わせた。気力も体力も尽き果てて、ルシファーはされるがままだった。

成熟した御使えは股間《こかん》に光子を孕んだ精嚢《せいのう》を持つが、従者のそれは聖なる蜜を蓄えるための宝珠であった。

ミカエルの双眸は熱く潤み、唇の端には会心の笑みがこぼれた。

そして。ためらいもなく顔を埋め、宝珠の重さを確かめるように口に含んだ——瞬間。ルシファーの裸身に小さな瘧《おこり》が走った。

知らない。

聞いていない。

教わってもいない。

従者の儀式に、そんな手順はなかったはずだ。

ただの記憶違いなのか。それとも……。それがミカエルの流儀なのか。

わからない。

ルシファーには、もう何もわからない。

——ミカエルが。

己の片翼であったはずのミカエルが何を考えているのか、理解できない。わかっているのは『神』にすら見捨てられたという事実だけであった。

宝珠の熱を吸い取るように舌を搦め、ミカエルは優しく愛撫《あいぶ》する。ルシファーの花芯に手を添え、先ほどまでの荒々しさとは打って変わったように愛しげに繰り返される……愛撫。

さらけ出された秘所を思うさま嬲られている屈辱と、それをはるかに上回る羞恥《しゅうち》が交錯して身体の震えを誘う。

だが、不思議なことに、そうされることで鮮血に散らされた痛みが次第に薄れていくのをルシファーは全身で感じ取っていた。

秘孔の陰核を指で擦《こす》られながら宝珠を舌で転がすように刺激されて、ルシファーの眉間が微かに歪んだ。

ゆるゆると染み入る、熱き疼き。それは、逆らいがたいうねりとなってルシファーを呪縛した。頭の芯が鈍く痺れていくほどに。

思考が爛《ただ》れて膿《う》んでいく。痺れる疼きに身も心も侵食されていく。

そして——知った。これが堕《お》ちていくということなのだと。

ミカエルの手の中でルシファーの花芯が硬くしなりはじめた。すべての鼓動が、そこで熱く時を刻んでいるかのように。

ほっそりとした喉の白さを見せつけながら、ぎこちなく、ルシファーの顎が上がる。

震える唇の端からこぼれ落ちる吐息の——細さ。

苦悶だけではない、四肢の強ばり。

しっとりと濡れた花芯の蜜口から雫が細く糸を引くのを見取って、ミカエルは舌を搦めてきつく吸った。

「うッ……ううう……………」

苦悶に似た喘《あえ》ぎがルシファーの口を衝《つ》く。

唇を窄《すぼ》めて扱き上げるごとに、まだ、味も香りもないものが口いっぱいに広がっていく。喉を鳴らしてそれを飲み干したミカエルは、最後の一滴を啜《すす》って、蜜口を丁寧に舌で清めて顔を上げた。

甘く鈍い痺れの余韻《よいん》が、ルシファーをとらえて放さなかった。頭の芯にはうっすらと靄《もや》がかかり、すでに腕を上げる気力すらない。

だが。大きく膝裏を掬われて、屈辱の極みとも思える形でずしりとミカエルの重みを感じたとき。ルシファーはようやく、儀式はまだ終わってはいないのだと気付いた。

「ルシファー。おまえが私のシャヘルだという刻印を、この身体に焼き付けてやる。きつかったら、思うさま声を上げるがいい。誰も聞いてはいまい。『神』を除いてはな」

ミカエルの囁きが途切れた、その瞬間。ルシファーの双眸がカッと大きく見開かれた。けだるい痺れが一気に消し飛ぶような激痛だった。

労《いたわ》りもない。

容赦もない。

ただ無慈悲なだけの挿入に、背骨が軋んで悲鳴を上げる。仰け反りざま、ルシファーは握りしめていた官衣を思わず引きちぎった。

喉がひりついて、声が出ない。その怖《お》じ気で四肢は硬直し、肌がそそけだった。

ルシファーの拒絶を無視して、ミカエルが腰を捻《ねじ》り入れる。

秘肉を裂いて打ち込まれる――熱くそそり立った楔《くさび》。

痛みで視界が灼けた。閉じた瞼《まぶた》の裏に火が走り、身体の芯からふたつに裂けるような悪夢に駆られて、ルシファーの頭の中は真っ白になった。

「ひっ…あぁ〜〜〜ッ」

奥歯が軋って絶叫がほとばしっても、陵辱は終わらなかった。ミカエルにしてみれば、単に儀式を終わらせるための行為でしかなかったのかもしれないが。

ミカエルの荒い吐息が耳朶《みみたぶ》を刺激するたび亀裂は背骨を焼き尽くし、激痛は脳髄を鷲掴《わしづか》みにして引きちぎろうとする。視界は赤く爛れ、眼底は刺すように痛み、ルシファーの鼓動を容赦なく締め上げた。

ルシファーが従者を持たないと決めた最大の理由は『神』への忠節以外には何にも縛られたくないことだったが。自身は、あくまで『儀式』を実践する側にいた。それが、まさか、真逆の立場になろうとは考えたこともなかった。

だから、知ることもなかった。洗礼を受ける者の恥辱の在処《ありか》と、その恐怖の真髄を。

——知ろうともしなかった。

従者という存在を決して軽んじていたわけではない。だが、遠かった。自分には不要のものだと割り切ってさえいたからだ。

けれども。今、まさに受洗《じゅせん》の畏怖を理不尽に体現させられて、儀式の不条理をまざまざと実感しないではいられなかった。

自分が自分ではない何かに変貌していく——恐怖。それが喉元まで迫り上がってきた瞬間、ぎりぎりまで張り詰めていた意識が不意にぷつりと途切れた。

そのまま、ルシファーは一気に奈落の底へと転げ落ちていった。

ミカエルは髪を振り乱したまま、荒く胸を喘がせていた。ルシファーの中でひとつに熔《と》けていく実感に、微かな微笑すら浮かべて。

「私の……勝ちだな、ルシファー。これで、おまえは……永劫……私のものだ」

喪失

天上界第七天〈アラボト〉。

蒼穹に浮かぶ浮城には、黄昏《たそがれ》の鐘が鳴り響くと一日の務めを果たし終えた熾天使《セラフィム》たちが金色の霊翼をはためかせて次々に戻ってきた。

最上階。ガブリエルはルシファーの自室にある露台《バルコニー》で、少しばかり苛《いら》つきながらルシファーの帰りを待っていた。

保安のために独自の結界紋が穿《うが》たれた室内を窺《うかが》い見ることはできないが、ルシファーがまだ戻っていないことは、先ほど部屋の扉を叩《たた》いて確かめた。

（ルシファー、いったい、どこにいる？）

ルシファー付きの副官であるゼフォルトに尋ねても。

『伺っておりません』

『申し訳ございません』

慇懃《いんぎん》すぎる言葉しか返ってこなかった。

それは知っていてあえて口止めされているのではなく、本当に知らないからだろう。それを怠慢だと叱責《しっせき》する権利など、ガブリエルにはない。

天使長であるルシファーの日常業務を仕切っているのはゼフォルトとサラである。有能すぎる副官のおかげで、自分は実務にだけ特化できるので非常に楽だ——などと、事あるごとにルシファーは口にするが。裏を返せば、配下の者を私的な時間の使い走りまでさせたくないというルシファーの気遣いの表れでもあった。

私生活を無駄に干渉されたくないのはガブリエルも同じだが、ルシファーの場合はそれでは済まされない特殊な事情があった。すべての御使えの頂点を為す『天使長』という肩書きが、それを語る。

（行き先くらい、ゼフォルトに告げておけ。火急の事態に天使長が行方不明では、執務が滞るではないか）

それを思い、ガブリエルは宙を睨《にら》む。

そこへ。天空からミカエルが下降してきた。腕に、長衣にくるんだ何かをしっかりと抱きかかえたまま。しかも、ミカエルの自室ではなく、今ガブリエルがいる露台を目指して。

（なんだ？）

ガブリエルは訝《いぶか》しげに眉《まゆ》を寄せる。

そうして。ガブリエルの眼前で、足音すら立てずにゆったりと着地したミカエルが大事そうに抱えているのがルシファーだと知って、思わず目を瞠った。

長衣にくるまれたルシファーは、ぐったりしたまま身じろぎもしなかった。

「ミカエル。どうした？　ルシファーに何があった？」

ガブリエルは狼狽《うろた》える。失神しているとおぼしきルシファーに何があったのか。それが、気掛かりで。

「話はあとだ。先に、ルシファーを中へ」

ミカエルの口調はいつもと変わりなかった。それで、浮き足立ちかけたガブリエルの気持ちも鎮静した。

「あー……そうだな。わかった」

露台に設《しつら》えた間戸《まど》は、ルシファーの霊気に反応してすぐさま全開になった。室内に入ると、ガブリエルは天蓋《てんがい》付きの寝台を覆う帷《とばり》を掻き分けて、ミカエルを促した。

ミカエルはゆっくりと慎重に、ルシファーを寝かせた。

それでも、ルシファーが目を覚ますことはなかった。

いや——ぐったりとしたルシファーの様子が尋常ではないことに、ようやくガブリエルは気が付いた。

顔色が蒼白だった。乱れた金髪が落ちかかる額が紅く染まっているのが見える。

一瞬、どきりとした。怪我《けが》をしているのではないかと。

そして。もう一度、凝視して――愕然となった。それが血ではなく、額に浮き出たミカエルの徽章であると知ったからだ。

(……聖痕?)

それを思い浮かべて。

(莫迦なッ)

すぐさま否定する。

聖痕は従者《シャヘル》だけが持つ隷属《れいぞく》の証だからだ。そんなものが、いったいどうしてルシファーの額に……。

(まさか……)

――あり得ないッ。

喉まで出かかった可能性を、ガブリエルは奥歯で噛み殺す。

――そんなことは、あり得ないッ!

全否定しながらも、ガブリエルは激しく動揺する。しないではいられなかった。

ミカエルがルシファーに抱いている感情は、友愛を過ぎた情愛だった。ミカエルがそれを口に出したことは一度もないが、ルシファーを見やる眼差しは雄弁だった。

それが仲間内での軽口にも酒席の上での揶揄《やゆ》にもならなかったのは、もし、誰かが迂闊《うかつ》にそれを口にしてミカエルが否定しなかったら――それこそ冗談では済まなくなるからだ。

寡黙すぎて何を考えているのかわからないミカエルは冗談を解さない朴念仁《ぼくねんじん》ではない。それどころか、ある意味、非常に質《たち》が悪い確信犯でもあった。平然と爆弾発言をして、なんの補いもしないという点においては。

正論を遠回しに口にしたところで結果は同じなのだから意味がない――のは、否定しないが。ミカエルが低めに絞った口調で言い放つと、辛辣《しんらつ》さを通り越してひどく重いのだった。ガブリエルたちが感じていたのはただの懸念ではなく、明確な危惧《きぐ》だった。いつか、それが元で二人の間に亀裂が入ってしまうのではないかと。

ルシファーにもはっきりと忠告をした。従者を持て――と。ルシファーが従者を持たない限り、ミカエルの想いに歯止めがかからないだろうことはわかりきっていたからだ。だが。ルシファーは、あくまで己の片翼であるという絆に固執した。ルシファーにとって、それが最大級の信頼の証であったからだ。

友愛が情愛に変わる。

万が一、ルシファーがそれを容認したとしても。ガブリエルに言わせれば、まったくあり得ない仮定だったが。まさか、こんなことまでは想像できなかった。

天上界の至宝である天使長を己の従者にするなどという大それた野望――いや、愚行を過ぎた狂乱に至るなどとはまったく予想もできなかった。

そんなことは、あり得ない現実だったからだ。

——否。あってはならない妄執《もうしゅう》であった。それを眼前に突きつけられたような気がして、全身の血が沸々と滾り上がった。

いったい。

どうして。

——そんなことに。

怒りと痛憤で、奥歯が軋るほどに歯噛みする。

なぜ。

こんな。

——莫迦なことを。

危惧はしていても、まさかここまでとは思い至らなかったことに自責の念すら感じた。

寝台から離れたミカエルは卓上に置かれたマナ酒を銀杯に注いで一気に飲み干し、深々と息をついた。

「ミカエル。まさか、おまえ……本当にルシファーを……」

ガブリエルの声は、硬く強《こわ》ばりついていた。

「見ての通りだ。今更、弁解などせぬ」

淡々とした口調にガブリエルは激昂《げっこう》した。

「ミカエルッ！」

「あったことをなかったことにする気はないし、隠すつもりもない。どうせ、すぐに天上界中に知れ渡る」

むしろ、平然と開き直ったような感さえある。堰を切ってしまった激情がすべてを押し流してしまったあとの諦念《ていねん》にも似た響きだった。

「ルシファーは、私のシャヘルだ」

低く、きっぱりと言い切る。

「誰が何を喚《わめ》こうと、誰に誹《そし》られようと、私にとってはそれが唯一の事実であり、それこそが私のすべてだ」

嘘偽りのない、ミカエルの本心だった。

「それで、事が収まるとでも思っているのか？」

激情を圧し殺して、ガブリエルが問う。

「……思ってはいない。だが、今更、私がそれを気に病んだところでどうしようもなかろう。ならば、私は私の思う道を突き進むだけだ」

利己もここまで徹底すれば、ある意味、達観に近い。ガブリエルは束の間、言葉をなくす。

その果てに、

「天界中が軋るぞ」

重い口をこじ開ける。

「特に、東の座に集うルシファー配下の者たちは結束が強い。敬愛し、心酔する我が君主を穢して貶《おとし》め、シャヘルに堕天させたおまえを、あれらは決して許さないだろう」

それは確信を過ぎた事実であった。

「もとより、覚悟の上だ。それで寝首を掻かれても、なんの文句もない。ただし、私に牙を剝ける者は何人《なんぴと》たりとも容赦はしないがな」

静かな口調で告げるミカエルの眼差しはその決意の表れでもあるのか、剣呑《けんのん》であった。

（生半可な覚悟ではないということか）

それはガブリエルにも充分に伝わった。だからといって納得できるかといえば、それはまた別の問題であったが。

これから、どうする？

――どうなる？

見てしまったことは無視できない。知ってしまったことをなかったことにはできない。

ならば、自分には何ができるのか。

そうやってガブリエルが思考の呪縛に嵌《はま》っていると、ミカエルがゆったりと歩き出した。

「どこに行く？」

「〈アラボト〉の『聖なる森』に決まっているだろう。シグルドの実を取ってくる」

そうであった。

従者の儀式は、主人となった者が自ら『聖なる森』に出向いてシグルドの実をもぎ取り、砕いて果汁を搾《しぼ》り、それを飲ませることで完了するのだ。

シグルドの実は棘《とげ》のある固い殻に覆われており、それを主食とする神鳥《モルガナ》は自分たちの縄張りに侵入してくる者は容赦なく攻撃する。それが最高位の熾天使だろうが下級の権天《プリンシパリティーズ》使だろうが区別はしない。神鳥にとって、自分たちの縄張りを荒す者に変わりはないからだ。

御使えにとって神域での殺生は厳禁だが、神鳥はその禁忌に縛られない。

とうてい、無傷で……とはいかない。下手をすれば命を落とす危険性もある。不本意ながらの失格者も出る。

詰まるところ、七色に輝く美麗な翼で蒼穹を優雅に飛び回るが縄張り意識の強い、凶暴すぎる神鳥の攻撃をかわしてシグルドの実を手に入れる難題をこなした者にしか従者を持つ資格はないのだ。しかも、一度の失態は許されるが二度目はない。

従者を得て主人になるには、相応の試練があるということだ。

だから、申請者は体面を損なうことがないように必死になる。絶対的に不利な状況で見事シグルドの実を手にすることができればどんな傷を負っても名誉の負傷で済むが、失敗すれば嘲《ちょう》笑《しょう》の憂き目を見るからだ。

そんなことすら度忘れしてしまうほど動揺していた自分に気付いて、ガブリエルはなんとも言い難い顔つきになった。

「シグルドの果汁を飲ませれば、名実ともにルシファーは私のシャヘルになる」

それだけ言い捨ててミカエルは露台へ出ると、振り返りもせずに飛翔した。


意識が途切れて、どのくらいすぎたのか。

頬を撫でる手の温もりに引かれ、ルシファーはうっすらと目を開けた。

ぼんやりと靄った視界の中には、ガブリエルがいた。

——なぜ？

疑問が声になってこぼれ落ちる寸前。

「大丈夫か？」

ガブリエルの柔らかな声が、なぜか、胸の奥底まで沁みた。

深々とひと息ついてゆったりと視線を巡らせば、そこが見慣れた自分の寝台であることに気付く。

（あぁ……。わたしの部屋か）

では、自分は悪夢を見ていただけなのだろうか。

ふと、それを思い。わずかに身じろいで、ルシファーは身体に走る激痛に瞬時に固まった。

(あれは……夢ではない)

灼けるような喉の渇きが、ひりつくような鋭い痛みが、それをルシファーに思い知らせる。

――シャヘル。

言葉の重さよりももっと酷な現実を、ルシファーは今更のように嚙み締めるのだった。

「――痛むのか?」

どこが……とは言わずに問いかける口調の低さが、痛ましげな眼差しが、何よりも雄弁にガブリエルの胸中を語っているようで。ルシファーは弱々しく胸を喘がせた。

なぜ、ガブリエルがここにいるのかはわからない。いや……もう、そんなことを考えてもしかたがない。

「――ミカ…エル……は?」

強ばりついた舌の根が、うまく回らない。しゃべるだけで、ミカエルに貫かれたそこが熱をもってじくじくと疼くのがわかる。

「『聖なる森』へ行った」

そう呟くなり、ガブリエルはぎこちなく目を逸らした。

『神』が唯一、その木陰でのみ憩うと言われた聖なる樹は〈アラボト〉の中心に位置する。それを取り囲むように広がる樹海は、それ自体が神域となっており、滅多に出入りする者はなかった。ただひとつの例外を除いては。

ミカエルがシグルドの実を持って帰ってくる。その厳然たる事実を鼻先に突きつけられて、ルシファーはふと唇を歪めた。

とたん。

「ふ…ふふふ………」

歪めた口の端から、掠れた笑いがこぼれ落ちた。

胸の鼓動は痛みで張り裂けそうなのに、なぜかたまらなくおかしくて、笑いが込み上げてくるのだった。

それはやがて狂ったような哄笑《こうしょう》となり、ガブリエルの蒼ざめた驚愕を誘った。

「は…はは……けっさくではないか、まったく……。昨日までの天使長が、今日からはただの堕天使だ。……あまりのおかしさに、泣けて……くる」

引き攣るように震える唇が最後の言葉を吐き出した。

——瞬間。不意に、笑いが嗚咽に途切れた。

声には出さず、噛み締めた唇の端だけでルシファーが泣き崩れる。白き額に浮き出た聖痕だけが、真の慟哭《どうこく》を知っているかのように……。

ガブリエルはかける言葉もなく、小さく唇を噛んだ。

「ガブリエル……ひとりに、して……くれないか?」

「……あぁ……」

一言頷いて、ガブリエルが背を向ける。

ミカエルに頼まれて、ルシファーを見守っていたのではない。ただただルシファーのことが心配で、留まっていたにすぎない。

だが。そういう純粋な気遣いすらもが今のルシファーにとっては重荷だったのではないかと、ガブリエルは唇を噛む。

本当に、やりきれない。ガブリエルの胸中にはそれだけが渦巻いていた。

ガブリエルの後ろ姿が視界の中から完全に消えてしまうと、大気が急速に冷え落ちた。まるで、ルシファーの絶望を写し取ってしまったかのように。見慣れた部屋の備品さえ、今は異質に見えてくるのだった。

ミカエルの猛々しさが、身体の節々で燻《くすぶ》っている。

じくじくと疼きしぶる痛みだけが、ルシファーに現実を意識させる。もはや、ミカエルとは対等ではあり得ないのだと。

それは、魂さえ凍えていく慟哭だった。

なのに。なぜか、ミカエルを憎めなかった。そこまでミカエルを追い詰めてしまった責任の一端が自分にもあるように思えて。

いっそ、狂ってしまえたら……どんなに楽だろうか。だが、それさえ叶わない身がひどく恨めしく思えてならなかった。

信頼の絆が崩れ、天使長たる誇りも失せ、唯一絶対であるはずの『神』からも見捨てられた痛みに心が朽ちる。

見上げた視線は宛てもなく遠く、ルシファーは虚ろに宙を彷徨《さまよ》っていた。

幾ばくかの後。

シグルドの実が入った革袋を片手にミカエルが戻ってきたのは、光の流れが西の果てに傾き終えた頃だった。

いつもは無造作に結わえてある髪が激しく乱れていた。腕には幾つもの引っ掻き傷もある。神の闘士と言われるミカエルであっても、神鳥を相手にするには些《いささ》か分が悪い。言葉が通じる相手ならば、礼を尽くして願い出るところだが。ミカエルの霊翼を視認するなり集団で攻撃してくる神鳥に、舌打ちが漏れただけだった。

神域での殺生は厳禁。それはただの建て前ではない。審判の『目』からは、何人たりとも逃れることはできない。

普段のミカエルであれば、もっと余裕があったかもしれない。だが、心は急いていた。

結局、たったひとつをもぎ取るのに思いのほか時間がかかってしまった。

霊翼をたたんで露台に降り立ったミカエルは、間戸が開け放たれているのを見て訝しげに眉をひそめた。

ガブリエルが出ていくときに閉め忘れたのか？　とも、思ったが。ルシファーの結界そのものが消え失せているのに気付いて、思わず双眸を瞠った。

足早に室内に入ったミカエルは、ひんやりとした静けさの中にルシファーの姿がないことを知り蒼ざめた。

「ルシファーッ」

褥に残されていたのは、ルシファーをくるんでいた長衣だけだった。

「どこへ行った、あの身体で……」

口に出して、ひとりごちる。

後を追うつもりで慌てて飛び出してはみたものの、ぐるりと見渡した視界の中にそれらしき人影はなかった。

その頃。

身に着けているのは夜着の下履きだけという、ほぼ半裸に近い恰好で、ルシファーは『光』と『闇』がひとつに解け合う陽炎《かげろう》の壁を抜けて、幽寂の境を彷徨っていた。

暗闇に浮き立つ黄金の翼にも、明らかに異変があった。本来は霊翼であるはずの双翼が実体化したまま肩の付け根から硬質化していた。まるで熾天使としての霊力が減退してしまったかのように。

額に従者の聖痕を持つ者には、もはや熾天使の資格がない。それを如実に実感させられたような気がした。

霊力ではなく己の身体の一部と化した双翼に、本来のしなやかな力強さは見られない。それどころか、絶えず熱をもって疼く身体には羽ばたくことすら辛い。ときおり不意に深く落ち込んでは、また弱々しく舞い上がるのだ。

身体が重い。

息をするのも怠《だる》い。

何もかも投げ出してしまいたくなるほどに苦しい。

けれども。ルシファーは疲れきった双翼にひとときの休息も与えなかった。

一度羽ばたくことをやめてしまったら、もう二度と翔べない。それは漠然《ばくぜん》とした予感でも錯覚でもなく、あとのない切羽詰まった現実であった。

ルシファーの荒い吐息が、闇に震える。

無言の時を乱すのは、黄金の翼が闇を切る弱々しい羽ばたきだけであった。


天上界第五天〈マホン〉。

北の宙《そら》の漠々とした闇の奥深く、暗闇よりもなお昏く漆黒にうねる河がある。

虚も、なく。

実も——ない。

語る言葉さえも、なく。

禁忌に近い沈黙だけをその腕に抱きしめて、永劫の時間を流離《さすら》う河がある。

始まりがなんであるのか、知る者はない。

流れの果てに何があるのか、誰も知らない。

いや。その果ての存在すら、知り得る者はなかった。

ただ、森羅万象をもひと呑みで無に還すことができるという絶対的な畏怖のみが、記憶の襞《ひだ》に焼き付く——河。

それゆえ、いつしかこう呼ばれた。

忘却の河——と。

黒々とうねる沈黙の河辺に降り立ち、硬質化した双翼を折りたたみ、ルシファーはよろめく足を引き摺りながら、だがなんのためらいもなく静かに流れに身をまかせた。

『神』の御手も届かぬ、流れの果て……。慟哭も、屈辱も、痛みも、原罪も、すべてはそこに消えていくに違いないと胸の喘ぎもそのままにゆうるりと目を閉じた。

ミカエルの想いを断ち切る術《すべ》もなく。頼みとした『神』の手酷《てひど》い仕打ちに絶望し。熾天使の証である霊翼も喪った。その上、永遠の時を従者として生きながらえる恥辱しか残されていないのなら、忘却の河にその身を沈めてしまうよりほかに術はない。

(さぁ、連れて行くがいい。忘却の河よ……)

流れは、予想外に緩やかだった。

その中を、静かにルシファーが沈んでいく。はらはら……と、黄金の輝きを散らしながら。

だが。なぜか。思ったほどの息苦しさは感じなかった。むしろ、ゆうるりと流れに包み込まれるような優しささえ感じられた。

強ばりついた四肢の痺れも、心の痛みも、深い眠りが癒やしてくれるだろう。魂の一欠片《かけら》も残さず、ルシファーという存在そのものが無に溶けてしまうまで……。

とろとろとした浅い微睡《まどろ》みが、誘うように忍び寄ってくる。寄せては返す漣《さざなみ》のように。

ゆらゆら、と。

ただ、ゆらゆら……と揺らぐ。

頭も、手も、足も、翼も。どんよりした重みすら感じることもなく、すべてが希薄になっていく。

そのとき、遠くで。誰かに呼ばれたような気もしたが、すぐに消え消えになった。

眠りは深く、忘却は近く。やがて、ルシファーは何も感じなくなっていった。

忘却の河は、ルシファーが『そうであれ』と強く望んだように、すべてを無に還すはずであった。

しかし。ルシファーの身体は見えざる糸に引かれるようにゆうるりと浮き上がっていく。

《愛し子よ。もはや、我の力をもってしても、あれの想いを止める術は……ない》

厳かなる声で『神』はひとりごちた。

絶望と慟哭の果てにルシファーが忘却の流れにその身を投じるのを、暗澹《あんたん》たる思いで見つめていたのだ。

なろうことなら、ルシファーが望むままにしてやろうと心の疼きを押しやってきた。

だが。それも、ルシファーが流れの底へと沈んだときが限界だった。

《ルシファー。未来永劫、おまえを闇に彷徨わせることなど、我には……できぬ》

それが『神』の、偽らざる真実であった。

ルシファーの魂を無に還すくらいなら、まだしも、ミカエルの従者として生かしたいとさえ思った。『神』自身、それが傲慢《ごうまん》な利己にすぎないと知りながら。

無音でさざめく河面に、ルシファーが浮き上がる。

すると。それを待ち構えていたように、どこからか一艘の船が現れた。

顔を深い頭巾《ずきん》ですっぽり隠し、足首までの長衣を纏《まと》った者――『冥府の河』の渡し守と呼ばれ、死の番人と恐れられたラハティエルであった。

ラハティエルは船をルシファーに寄せると、思いのほか細い腕を伸ばし、だが軽々とルシファーを船に引き上げた。

そして。船を岸に着け、闇色の布でルシファーを包んで抱き上げた。その足は、迷うことなく『シャヘルの館』へと向かっていた。

天使長ルシファーの失踪《しっそう》。

その第一報が側近の口から漏れた瞬間、ラファエルは言葉を失った。

何かの間違いではないか、と。

他の誰よりも律儀に己が務めを全うするルシファーが、なんの理由もなく天使長の責務を放棄するはずがない。

「そんな根も葉もない話を真に受ける奴があるかッ」

副官であるアスエルを叱《しか》り飛ばして、ふと、ラファエルは逡巡《しゅんじゅん》した。

もしかしたら——何もかも打ち棄てざるを得ない大事がルシファーの身に起こったのではないかと。

天上界の御使えをひとつに束ねる天使長が外見だけの麗人ではないことは、誰もが知っている。内封された霊力は天上界一だと言ってもいい。もっとも、なんのためらいもなく力を行使するには、些か優しすぎるきらいはあったが。

異形の者に成り果ててしまったグリゴリにすら情けをかける、慈悲深さ。

ウリエルやミカエルは、それを、天使長には過ぎる甘さだと眉を寄せる。ラファエルは必ずしもそうは思わなかったが、典雅な物腰では双璧とも言えるガブリエルでさえ、控えめながらもルシファーの長所は同時に短所でもあると言いきった。

「いったい、何があった?」

ひとりごちてラファエルは眉間を曇らせる。何かよからぬ不安に鼓動をさざめかせて。

シャヘル

天上界第五天〈マホン〉。

南の『光』と北の『闇』を隔てる時空の流れの中に、その館はある。

しどけなく薄衣を纏《まと》い、肌を薫《かお》らせ、睦《むつ》み合う夜の切なさを胸に秘めて生きる者たちがそこにいる。

ひっそりと。

ただ時間《とき》が熟す逢瀬《おうせ》だけを密《ひそ》やかに待ち侘《わ》びている者たちが……。

記憶は過去を啄《ついば》み、色褪《あ》せ、やがて朽ち果てる。

だが。明日を夢見る自由さえ持たない彼らには、今更それを嘆く術《すべ》もない。

囚館は、永劫の時間に浮遊するのだ。

『影《シャヘル》の館』

それは、哀愁を込めてそう呼ばれた。

地上に十層、地下に三層からなる館は堅牢な城塞《じょうさい》であった。

なぜなら。館は天上界の『光』と『闇』の相剋《そうこく》を象徴する場であると同時に、御使えたちが己の活力を養う処《ところ》でもあるからだ。


熾天使《セラフィム》の従者《シャヘル》たちが屯《たむろ》する、最上階。その広間では、階着と呼ばれる薄衣を思い思いに着こなした者たちがいつものように果実酒《キャスカ》を酌《く》み交わしていた。

元の出自がなんであれ、館では主人の官位がそのまま適用される。各階層別に従者が住まい、階着によって区分される。それが決まり事であった。

だからといって、従者は皆一律平等という不文律がある限り、高位の従者であっても特別に優遇されるようなことはなかった。皆が同じ物を着用し、同じ物を食べ、同じ造りの寝所で寝る。

派閥争いなど皆無だが、表立っては出てこないだけで、度を超えない程度の妬《ねた》みや嫉《そね》みや陰口は当然ある。

館では、他人のことよりもまずは自分が大事。それが基本であった。主人に従順に仕えることが一番で、彼らがいがみ合うようなことはなかった。

もしも、そんなことが主人の耳にでも入れば、最悪な末路が待っているからだ。

「ねぇ、ベルゼブル。聞いた?」

今日もいつもと代わり映えのしない顔ぶれの中、暇潰《ひまつぶ》しのおしゃべりに興じていたとき。不意に、ベリアルが言った。

「何を?」

「このところ、ご主人様方がなかなかお渡りにならないじゃない。その理由《わけ》、知ってる?」

どこか甘ったるい口調で、ベリアルが声を潜める。

従者は儀式を受けた時点で成長《時間》が止まるので、見た目だけでは誰が新参者であるのかはわからない。車座になって果実酒を酌み交わしている中では一番幼く見えるベリアルの従者歴が長いことは、この広間にいる者ならば誰もが知っていることである。

だから、皆に一目置かれていることも。ベリアル自身がそれをひけらかすようなことは一度もなかったが。

「……知らない」

首を横に振ったベルゼブルがこの座の中では一番の若手であるが、そんなことは誰も気にしない。

「何?　ベルゼブル、ラファエル様から何も聞いてないわけ?」

アポルオンが横から口を挟《はさ》む。

「だって、ラファエル様は無駄話なんかなさらないよ。そういうアポルオンはどうなのさ?」

「うーん……。ラグエル様も、あまり口はきいてくださらないかな。やっぱり」

「ベリアルは?」

「カシエル様は、たまに話してくださるよ。…っていうか、僕がおねだりするんだよ。アラボトのことを聞かせてくださいって」

「へぇー」

「ふーん」

「そうなんだ?」

「ベリアルって、すごく度胸があるよね」

座を組んだ者たちから、純粋な賛辞が漏《も》れた。

それは、やはりベリアルが古参の従者だからだろうか——と。彼らにはそれが羨《うらや》ましくもあり、同時に嫉《ねた》ましくもある。自分たちにはとうてい、そんな真似《まね》はできそうにもないからだ。

主人に、何かをねだるなど。それがただの話であったとしても、彼らにしてみれば自爆行為にも等しいことであった。

主人と従者の間には絶ちがたい絆《きずな》はあるが、それは決して双方向ではない。その関係が対等などではあり得ないからだ。

主人の気分ひとつで、従者の立場から転落すると言っても過言ではない。不要になった従者ほど哀れなものはないというのが、彼らの共通認識であった。

ゆえに、彼らは自己主張などせずにただ唯々諾々《いいだくだく》と従う。主人の求めるままに。それが、館での正しい従者の在り方なのだった。

「それで？　ご主人様方が館に来られない理由って？　なに？」

「うん。なんか、ものすごく偉い方が行方不明になってるらしい」

「それって……誰？」

皆、興味津々《しんしん》である。

「それが……天使長様じゃないかって」

ベリアルの声は更に低くなった。

それとは逆に。

「ええ──ッ」

皆が同じように声を張り上げて目を瞠《みは》った。

そして。何事かと周囲の者たちの注視を浴びて、慌てて口を噤《つぐ》んだ。

「ルシファー様が？」

「嘘でしょ？」

「本当なの？」

「信じられない」

彼らにとって、天使長と言えばはるか彼方の雲上人である。顔は見たことはなくても、誰でも名前は知っている有名人であった。

ルシファーが天上界の至宝だから、ではない。

名の知られた熾天使の君主の中で、昔も今も、この館には天使長の従者だけが存在しないからだ。

『神』が創造した天上天地には、その界特有の摩訶《まか》不思議な出来事——いわゆる七不思議と称される噂話は絶えないが。この館での最たるものが『天使長の従者不在説』である。

館の住人である従者が噂話に興じるのは、それ以外に娯楽がないからだ。我が主人との逢瀬を待ち侘びることしかできないからだ。

しかし。真偽が定かではないただの噂話と違って『天使長の従者不在説』は、彼らにとっては純然たる疑問であった。どうして天使長だけが従者を必要としないのか……という信疑であった。

いったい、なぜ?

どんな理由で?

どうして——天使長だけが。

そんなことは考えるだけ時間の無駄なのはわかりきっていても、不可解な謎は消えない。

だが。答えの得られない疑問も、謎も。

『あの方は特別だから』

その言葉で相殺《そうさい》された。皆が、納得できた。

ルシファーの何が『特別』であるのか。たとえ、その真実を知らなくても『天使長』という肩書きがすでに自分たちとは別次元の存在であるからだ。

同様に。今現在、天使長とは双璧であるミカエルの従者が不在なことも、様々な憶測が飛び交う館の七不思議のひとつにすぎなかった。

「あくまで、噂だけどね。だから、その捜索のためにご主人様方が駆り出されてるんじゃないかって」

「カシエル様が、そうおっしゃったわけ？」

「違うよ。だから噂だってば。カシエル様はそんなこと、一言もおっしゃったりしないよ」

些《いささ》かむきになってベリアルが言う。そこのところはきっちり否定しておかないと拙《まず》い……とばかりに。

話の出所がわからない。

真偽もわからない。

そういう類《たぐい》の噂が彼らの口に上るのは、さして珍しくもない。けれども、天使長の失踪《しっそう》があれこれと話題になっているのは初めてのことだった。事がはるか彼方の雲上人のことだけに、内緒話の声はいつもよりはずっと小さい。

ベリアル自身は、

(それってあり得ないでしょ?)

そう思っているが。カシエルに聞いて事の真相を確かめる勇気など微塵《みじん》もなかった。

「そっかぁ。なんだか知らないけど、館の向こうは大変なんだね」

「もしかしたら、アシタロテなら何か知ってるかも」

うん、うん……と、皆が頷《うなず》き合う。

館の中では最古参と言われるアシタロテは、ガブリエルの従者である。

しかも。この階の仕切りを任されている。単なる噂話であっても、自分たちには知らされていない何かを知っていてもおかしくはない。

もし仮に、そうだとしても。アシタロテが、軽々しくそれを口にするとも思えなかったが。

そのアシタロテの姿は見えない。見えなくても、誰も気にしない。広間に来て噂話に興じることは暇を持て余した彼らの唯一の娯楽であっても、それは強制されたものではないからだ。

「あ……大変っていえば、最下層のアテラにお化けが出るって話、聞いた?」

今度は、レヴィヤタンが声を落として皆に目配せをする。

「知ってる」

「うん。変な呻《うめ》き声がするんでしょ?」

「違うよ。冥界《めいかい》の蝶《ちょう》が飛んでるんだよ」

「え？　僕は気味の悪い足音がしたって聞いたけど……」

その噂は、誰もが一度は耳にしたことがあった。彼らにしてみれば、館の外で何が起こっているかもわからないことよりももっと切実な事件であったからだ。

「怖いよね。だって、アテラの最奥にあるのは冥界への入り口だし」

こくこく……と、皆が揃《そろ》って同調する。それはただの憶測ではなく厳然たる事実であり、彼らにとっては畏怖の象徴でもあった。

ここは最上階だから、まだ、ましだが。第一層の住人である従者たちは気が気ではないだろう。もしも自分たちがそうであったら……と思うと、身につまされる話であった。

「ご主人様たちがいないときに何かあったら、嫌だよ。早くお渡りになってくれないかな、ラグエル様」

「……うん。僕、じきに時が満ちるから、もう、シャルマリが張って痛いんだ」

だから、早くラファエルに吸ってもらいたい。ベルゼブルは本音で思う。蜜月《みつげつ》でなければ、ラファエルに会えない。それが、こんなにも切ない。

「そうだね。本当に、蜜月の逢瀬のときだけじゃなくて、もっと度々いらっしゃってくださると嬉《うれ》しいんだけど」

ザカリスがぼそりと漏らすと。

「そんなの、夢のまた夢……だよ。だって、僕たちはただのシャヘルなんだから」

アポルオンが力なく俯《うつむ》いた。

誰も、それを否定しない。むきになって声を荒らげる者もいない。皆、知っているからだ。それが、彼らの真実であることを。


館は奇妙に静まり返っていた。主人たちの訪れが極端に減っているからだ。こんなことは珍事であった。

時が満ちかけている者も、そうでない者も、皆が不安になっている。普段は館の外のことなど自分たちにとってはなんの関係もない余所事《よそごと》にすぎないが、今回は別だった。

広間で手持ち無沙汰《ぶさた》に酒を酌み交わすことにも疲れて自室に戻ったベルゼブルは、ひとり淋しく寝台に寝そべった。

「ラファエル様は……来ない」

ひとりごちて目を閉じる。そして、そっと股間《こかん》に手を伸ばした。

ふたつの宝珠《シャルマリ》は痛いくらいに張り詰めている。

だが、自分で弄《いじ》るのは禁じられている。精蜜のたっぷり詰まっている秘所だからだ。自分の身体の一部であっても、自分の自由になるわけではない。我が主人だけが、それに触れることができる。

痛くてたまらないからといって、痛みを和らげる術はない。

宝珠に溜《た》まっている精蜜を放出することができるのは、主人だけなのだ。自分の意思でどうにかなるものではない。

時が満ち、身体が充分すぎるほどに潤い、肌は薫りたっているというのに……。ラファエルは来ない。

(それって、ルシファー様が大切だから?)

ベルゼブルとの絆よりも、行方不明の天使長を優先させるほうが大事。そんなことは当然のことである。

――わかっている。

蜜月の逢瀬を待ち望んでいるのは、ベルゼブルだけではない。館に住まう者は皆、一刻も早く天使長を見つけ出すことを願っているはずだ。でなければ、我が主人の訪れはないとわかっているからだ。

ラファエルの従者として館に下る前のベルゼブルは、白翼も持たない『使者《マラーク》』と呼ばれるただの天使《エンジエル》であった。聖泉で『種』の監視を司る主天使《ドミニオンズ》に使えていたのである。

それが、いつ、どこで、いったい何がラファエルの気を惹《ひ》いたのか。ある日、突然呼び出されて洗礼を浴びた。

そして。仲間たちの羨望《せんぼう》と嫉妬《しっと》まじりの視線を背に館へと下って、初めて知ったのだ。従者に選ばれる栄誉の真実を。

『光』の中で生まれ育った者は『闇』の沈黙が好きになれない。暗闇の中に潜む何かが、本能的な怯《おび》えを掻《か》き立てるからだ。

分厚く頑丈な扉の向こうには、溢《あふ》れる光が洪水のように渦巻いているはずであった。

大地には、今も色とりどりの花々がむせ返るほどに甘く咲き乱れていることだろう。

ベルゼブルは、記憶の襞に刻まれたものをひとつひとつなぞっては忘れまいとする。二度とそこへは帰れない辛《つら》さを酒で紛らわせ、酔いにまかせて未練げに記憶の糸を手繰《たぐ》るのだった。

従者にとって天上界の光は強すぎる。毒にしかならない。燦然《さんぜん》たる光の中へ戻るということは眼底を焼かれて何も見えなくなることであり、肌は重度の熱傷で醜く爛れることであった。

それは言い伝えであって、実際にそうなった者がいるのかどうかすら定かではない。自分の目で実際に見た者など一人もいないのだから。第一、館の門は内側からは絶対に開かない。

大昔、大罪を犯した従者が罰として狭い塔に閉じこめられ、天上から降り注ぐ陽光を浴びて身体中が爛れて腐り落ちた。そのときの絶叫は塔の内側を黒く染めた。それが伝説の始まりだった。

思わず我が身を抱いて震え上がる者はいても、そんなものはただの作り話だと笑い飛ばす者はいなかった。あまりにも生々しすぎて。

従者はただひとりの主人に仕える名誉を拝命することであって、決して不名誉な囚人《とらわれびと》などではない。けれども、一度降《くだ》った館からは永遠に出られない。それは、悲しい現実でもあった。

限られた、束の間の逢瀬をひたすら待ち侘びて痛む胸。心のこもった愛撫《あいぶ》を望むのは、自分たちには過ぎた望みなのか。

ならば——その場限りの甘い嘘でいい。主人の、優しい囁《ささや》きが……欲しい。

それが叶《かな》わない夢ならば、せめて何も考えられなくなるくらいにきつく——強く、抱きしめられたい。

しかし。それを口に出せないまま、時は無慈悲に過ぎていく。

主人たる天の御使えが欲しているのは、従者本人の容姿でも情愛でもなく、自分の光子を精気として発酵させるための身体だけである。

誰に教わるわけではない。待つ身の辛さが、それを教えてくれる。

甘く馨《かおり》のよい精蜜の味がわずかでも落ちれば、平然と代わりの器を求める非情さが彼らにはある。

愛を代行するのは支配であり、拒絶は許されない背信行為であった。

それでも、過去には相愛の者がいた……らしい。その従者は愛を交わす夜を得る代わりに館中の嫉妬を浴びて孤立したという。そして、やがてはその孤独感に耐えきれずに正気を失ったのだとか。

もしもそれが真実ならば、とてつもなく悲しい話である。

広間で屯して雑談に興じていても、心の中には隙間風《すきま》が吹いている。皆、情愛に餓えていることに変わりはないのである。

見捨てられたくない。

強迫観念にも似たその想いが、彼らに媚《こ》びを売らせることを覚えさせる。

そして——献身する。主人に見捨てられた従者の末路ほど、惨《みじ》めなものはないからだ。

廃棄処分。

背筋が凍るほどの嫌な言葉だ。決して他人事《ひとごと》ではないからだ。いつかは……それが我が身に訪れる日が来る。

アシタロテやベリアルのように従者歴が長い者は館では稀少《きしょう》な存在である。その極意を誰もが知りたがるが、面と向かってそれを問いかける者は一人もいなかった。

それが反則だからではない。

自らの恥を曝《さら》す行為だからでもない。

他人のやり方を真似ても、それが上手《うま》くいく保証などどこにもないからだ。

従者は、主人なしでは生きていけない。

洗礼を受けて館の住人になった瞬間から、彼らの血はその肉体を酷使する宿業を負う。裏を返せば、秘孔から直に注ぎ込まれる主人の光子だけがそれを癒《い》やす妙薬なのだ。

主人の寵《ちょう》を喪《うしな》うということは、すなわち、身体が醜く老化し、やがては生命の炎も尽きるということだった。そんな死に様を曝したくないがために、不要になった者は人知れず忘却の河に身を投げるのが常だった。

自死は大罪。そんな原罪すらも無に還してくれるのが忘却の河だったからだ。

ベルゼブルが待ち侘びる館へ、ラファエルが来ないのには理由があった。

ルシファーの突然の失踪が天上界を混乱せしめているからだ。その捜索に明け暮れて、館へ足を運ぶ余裕もなかった。

ルシファーの行方は杳《よう》として知れなかった。

いや、それ以上に。

【神の闘士であるミカエルが『神』の溺愛《できあい》する天使長を陵辱《りょうじょく》した】

その衝撃が、すべての御使えを震撼《しんかん》させたと言っても過言ではなかった。

ミカエルが館を管理する〈マホン〉へ出向き、ルシファーを正式な従者として申請したことはすぐに天上界中に知れ渡ったからだ。

天上界の双翼に、いったい何が起こったのか。

ただの醜聞ではなかった。天上界を根底から揺るがす大事件であった。

ガブリエルの口から事の真相を聞き出したラファエルは即行で〈マハノン〉へ翔び、配下の者が見ている前でいきなりミカエルを殴りつけた。

「おまえは自分が何をしでかしたのか、わかっているのかッ！」

激昂《げっこう》するラファエルに、ミカエルは平然と嘯《うそぶ》いた。

「シャヘルを持てとしつこくけしかけていたのは、おまえだろう。ラファエル」

それで問答無用の二発目を繰り出した拳《こぶし》をがっちり摑《つか》んで、ミカエルは昏《くら》い目でラファエルを見据《みす》えた。

「私は忙しい。我がシャヘルが行方不明なのでな。必ず捜し出す。手伝ってくれとは言わぬが邪魔だけはするな」

血走った眼差しだった。

それで、ようやく、ミカエルがとことん憔悴《しょうすい》しているのがわかった。いつでも、どこでも、どんなときにでも冷静沈着な強者《つわもの》が理性と自制を磨《す》り減らしている様を、ラファエルは初めて見たような気がした。

ルシファーはどこに消えたのか。

かつての片翼を従者にするなどという暴虐《ぼうぎやく》を強いたミカエルは、なぜ、ああも平然としていられるのか。

そして。『神』は、なぜ、沈黙したままなのか。

噂は様々な尾ひれをつけて天上界を激震させた。

東の座のルシファー配下の親衛隊が正式な謁見を願い出て事の真相究明を求め、その対応に苦慮したのはラファエルである。天上界三位という肩書きを、そのときばかりは投げ捨てたくなった。

「ルシファーとミカエルの副官が偶然神殿の回廊で鉢合わせしたときには、殺気に満ちた霊気が膨《ふく》れ上がって周囲が凍ったぞ」

ナタナエルはそれを口にし。

「いずれ、血の雨が降るかもしれんな」

ケムエルは地を這《は》うような口調で軽口を叩《たた》き。

「まぁ、そんなことになったら、すべての責任はミカエルに丸投げだな」

ウリエルは平然と言い切った。

円卓会議の席で何を言われても、ミカエルは黙したままだった。あまりの反応のなさに、もしかしたら居眠っているのではないかとすら思えた。

しかし。それ以外の場所で、それぞれの大君主たる熾天使たちが事件のことを語ることはなかった。起こってしまったことを、今更くどくどと咎《とが》めたところでどうしようもない……とでも言いたげに。

それでも、苦々しい痼《しこ》りは残る。ルシファーとミカエルの危うい一線に気付いていた者たちは、特に。ミカエルの気持ちを察しても、ルシファーの心を思いやっても、一抹《いちまつ》の悔いが胸を刺すのだった。

ルシファーを見つけ出せない憔悴感はあっても、ミカエルはむしろ平然としていた。情欲に引き摺《ず》られたまま力ずくでルシファーを儀式にかけたことに対する後悔などなかった。それ以外、ルシファーを繋《つな》ぎ止める術を知らなかったからだ。

それはただの利己だと誹《そし》られても、構わない。あのまま、永遠にルシファーを喪ってしまうのではないかという恐怖に比べれば、どんな悪口雑言《あっこうぞうごん》も気にならない。針のむしろに座る覚悟ならば、ルシファーを抱いたときにすでにできていた。

もしも、悔やむことがあるとすれば。あのとき、ルシファーを残して聖なる森へ出かけたことだけだった。

館の最下層。その更なる奥へと続く回廊に光の雫《しずく》がともる。

そんな噂が怖ず怖ずと、だが口々に囁かれ始めて七夜が過ぎた。

蜜月の逢瀬に従者たちが漏らす淫靡《いんび》な喘《あえ》ぎ声すらも届かぬ館の最奥の、誰ひとりとして訪れる者もない——夜。巨大な、ただ厳《いか》ついだけの扉から無数の燦《きら》めきが漏れていた。

細く……。

——弱く。

揺れる吐息のように漂っては、密やかに闇に溶け落ちる。あたかも、深淵《しんえん》の果てに咲くと言われている夢想花《ビスティス》のように儚《はかな》く。

だが。囁きは口の端でひっそりと漏れるだけで、誰も、その正体を見極めようとはしなかった。なぜなら。その扉は冥界へと通ずる、ラハティエルが番人の『死者の扉《アシェラー》』だったからだ。

多忙な日々に流され、蜜月から十日あまりすぎた、その日。さすがに疲れきって館へ出向いたラファエルは、むせ返るほどに肌を薫らせたベルゼブルに軽い目眩《めまい》を覚えた。精気に餓えている。その自覚に、息が詰まりそうな気さえした。

急ぎ軍装だけを取り去って、手荒くベルゼブルを褥《しとね》に押し倒して階着の裾《すそ》をはだける。抱き合う時間すら惜しい……のではない。主人と従者が睦み合うには、それだけで事足りるからだ。

蜜月が近くなると、主人との逢瀬がいつ始まってもいいように彼らは下穿きを身に着けない。主人に手間を取らせずにすぐに睦み合うための、それが従者としての嗜《たしな》みであったからだ。

ベルゼブルの細い足首を摑《つか》んで股間を眼前に曝《さら》すと、ラファエルはためらいもなく顔を埋めてしなりきった花芯《かしん》にむしゃぶりついた。

尖《とが》らせた舌先で蜜口を擦り上げると、マナ蜜よりももっとずっと香ばしい精蜜が口の中に溢れかえる。一滴も残すまいと、宝珠をきつく揉《も》み上げて貪《むさぼ》るように吸い続けた。

そうやってラファエルが貪るだけ貪って顔を上げ、満足げに笑みを漏らすのを見て、ベルゼブルは大きく胸を喘がせたまま深々と息をつき、けだるげに天幕を見上げた。

(……よかった)

蜜月が過ぎても館にやって来ないラファエルを思い、ベルゼブルの胸中は不安でいっぱいだった。

(ラファエル様はちゃんと来てくださった)

見捨てられたのではなかったという安堵感《あんどかん》が、昨夜までの不安と苛立《いらだ》ちをすべて押し流していく。

(本当に……よかった)

安堵感で、けだるいばかりの痺《しび》れの渦が髪の先まで染み渡るようだった。

と――そのとき。

自室の扉がひっそりと叩かれた。

「誰だ。不粋な奴だな」

主人の訪れがある夜は、扉にナーダの花輪をかけておく。誰にも邪魔をされないように。それがあるうちは、何があっても声をかけないのが暗黙の決まり事だった。

なのに。扉を叩く音は止まらなかった。

わずかに眉間《みけん》を曇らせて、ラファエルは扉へと歩いていった。

ほんの少しだけ扉を開けて外を見やると、そこには略装のガブリエルがいた。

――何用だ?

ラファエルが目で問うと。

「すまない」

一言非礼を詫《わ》びて、声を潜めた。

「館の奥に、何かあるらしい。シャヘルたちが怯《おび》えている」

「怯えている？　なぜだ？」

口にして、背後の寝台をちらりと見やる。ベルゼブルはそんなことは何も言わなかった。いや……そんな暇もなかっただけかもしれないが。

「警邏《けいら》はどうした？」

通常、何か異変があれば警邏隊が対処するはずである。

「それが、どうやら『死者の扉』の近くらしい」

ラファエルは納得した。

「アシタロテが言うには、警邏隊に上申しても管轄違いの一言で却下されたらしい」

警邏隊の管轄は地下二層までである。

最下層の番人は別にいる。

「ラハティエルか。だとすれば厄介だな」

「あー。『アシェラー』の番人は、腰は低いが底が知れぬ変わり者だ」

「それにしても、上申とはまた大仰《おおぎょう》だな」

「アシタロテも、下層の者たちの訴えを無視できなかったということだろう」

ガブリエルの従者であるアシタロテは館では最古参ということもあり、最上階のみならず一目置かれている。

「有能すぎるのも、考えものだな」

揶揄《やゆ》ではなく、本音である。

それも今更とばかりに、ガブリエルは無言で返した。

館の警邏隊は一個小隊が常駐だが、それはあくまで館の見回りであって彼らの苦情処理ではない。

むしろ、従者たちとの接触は極力避けているのが現状だ。なぜなら、警邏隊の者たちにとって、彼らは身体中から甘い毒を滴らせた淫靡な誘惑者であるからだ。

堕天は大罪。

姦淫《かんいん》は重罪。

自死は宿罪。

御使えならば、その言葉は誰の頭にも刻みつけられている。中でも、姦淫は理性と自制を侵食する劇薬である。そんなものは視界の端にも入れたくないというのが、警邏隊の偽らざる本音であった。

そのために、各層には仕切りを任されている者がいるのである。

そういう意味では、アシタロテがあまりに有能すぎて、彼がいなくては館が立ち行かなくなるのではないかという懸念から、ガブリエルはアシタロテ以外の従者を持てないのではないかとの噂まである。

あくまで、噂である。

館内での政治的配慮などにはまったく興味も関心もないラファエルの耳にも入ってくるような、だが。

「とにかく、行ってみよう」

微《かす》かにため息を落としざま、ラファエルは額に落ちかかる白金髪《プラチナ・ブロンド》の巻き毛を無造作に掻き上げた。本来それは館を訪れる主人の仕事ではないが、聞いてしまった以上、熾天使の君主としては見過ごしにできない。

ラファエルとガブリエルは、いっときの間も惜しい……と言わんばかりに、最上階から最下層までの螺旋《らせん》階段を一気に翔び抜けた。

最下層の回廊は、暗く、長く、冷え冷えとしていた。しんと静まり返ったそこでは、ラファエルとガブリエルの編み靴の音しかしない。

進むにしたがって闇が濃くなった。そして。冥界への入り口である『死者の扉』の前に差し掛かると、急に闇の重さが増した。ただの錯覚でもなければ幻覚でもない。それは、侵入者を阻む結界の重さに酷似していた。

すべてを押し包むような沈黙の壁に蒼白くともる燐光《りんこう》がやけに不気味だった。

その暗闇に、筋を引くような燦めきが漂っている。蒼ざめた吐息がささめくようなか弱さで……。

「これ、か？」

「――これは……」

二人の口から、ほぼ同時に驚愕《きょうがく》が漏れた。言葉が孕《はら》む音質に、わずかな違いはあったが。

一筋の毛髪すら入り込む隙間がないほどに扉は頑丈だった。燦めきは、その扉を擦り抜けるようにして漏れていた。ならば、それは、なんらかの霊的作用があるということだ。

なんの装飾もない厳ついだけの扉の前に立ち、ラファエルは眉《まゆ》をひそめて掌《てのひら》で扉を叩いた。かなりの力を込めて。

「ラハティエル、開けろ。ラファエルだ」

張りのある声で呼ばわる。

――が。それすらも、扉の向こうに吸い込まれるように消えていく。あたかも、生者は死者の眠りを妨げてはならない――とでも言うように。

ラファエルとガブリエルは、束の間、互いの顔を見合わせる。この先の展開がまったく読めなくて。

しばしの後。

巨大な扉はわずかな軋《きし》みも立てず、緩やかに左右に開かれた。

その先の闇の中から、陽炎《かげろう》のような青白い燐光を纏ったラハティエルの姿がひっそりと浮かび上がった。

わずかに低頭しただけの無言の招きに促されて、二人は足を踏み入れる。ひんやりと冷たい大気の流れは、それだけで館には染まらぬ異質を感じさせた。

そこは——回廊なのか。

それとも。広間……なのか。

熾天使である二人の双眸《そうぼう》ですら、その先は見通せなかった。

足音さえ響かない闇は、〈ゲヘナ〉とは違った深淵を思わせる。ただ、揺らめく一筋の燦めきだけが唯一微かな生命の輝きを放っているようで、あまりにも不釣り合いだった。

冥府の闇は、その者が持つ魂の、真の輝きを映す鏡であるという。

熾天使の中でも至高の輝きを持つと言われる彼らもまた、例外ではない。ラファエルの身体からは燃え上がるような朱色《バーミリオン》、ガブリエルのそれは澄み切った翡翠色《ジェイド》であった。

では。闇に煌《きら》めくこの黄金の雫はいったいなんなのだろう……と、二人は訝《いぶか》しげに眉を寄せる。そして、ラハティエルの歩みがそこでひたと止まったとき、二対の視線は同じように流れて沈んだ。

奥行きも幅も高さすらわからない闇の一画に、ぼうっ…と鈍く輝くものがある。燦めきの筋は、その裾から絶え間なくさらさらとこぼれ落ちるかのように流れているのだった。

「なんだ、あれは？」

視線で名指して問いかけても、ラハティエルは答えない。

業を煮やして足早に歩み寄ったラファエルは、黒い粗末な布を一気に剝《は》ぎ取った。

——とたん。

まるで黄金の光が一度に弾け出るように闇を目映《まばゆ》く染めた。

ラファエルが、ガブリエルが、驚愕の目を見開いて絶句する。その視線の先に、静かに横たわるルシファーがいた。

「どういう……ことだ、これは」

あまりのことに動揺を隠しきれず、ガブリエルの言葉尻が震えた。

「河から、ここへお連れいたしました」

その姿に相応《ふさわ》しく、陰々たる声でラハティエルが告げた。

「河？　……忘却の河かッ？」

思わず、ラファエルは声高に叫んだ。

「流れの底から『神』が連れ帰られ、わたくしがここへ。しかしながら……ルシファー様の魂はいまだ封じられたまま、眠りの中を彷徨《さまよ》っておられます」

淡々と語られる真実の重さに蒼ざめたまま、二人は返す言葉を失った。

（ミカエルの想いはおまえを忘却の河へと追いやるほどに重く、その流れの底から連れ帰るほど『神』はおまえを愛でたもうのか。愛……とは、時として運命よりも酷なことを強いるものだな、ルシファー。これでは、どちらに転んでも救われぬ)

ラファエルは痛ましげにルシファーを見やった。

そして——気付く。本来、霊翼であるはずのルシファーの双翼が肩口から硬質化してしまっていることを。それは、ルシファーが従者に堕天させられたという確かな証《あかし》であった。

誰よりも高潔であったルシファーの悲痛すぎるその姿を見るに忍びなくて、ラファエルは唇を噛《か》んで目を逸《そ》らせた。

「どうする……ラファエル」

問いかける声すら重く、ガブリエルが吐息を落とす。

「教えてやるほかはあるまい。何がどうであれ、誰が何を愚痴《ぐち》ろうが、今現在、ミカエルが天上界の要であることに変わりはないのだからな」

まったくもって、腹が煮えるが。

「ルシファーの失踪が落としている陰は、見た目よりもはるかに大きい。これ以上の混乱を避けるためにも、示しはつけねばなるまい」

理性と自制を振り絞って、ラファエルはそれを口にする。

ラファエルには、天上界第三位という立場がある。私情に流されてしまうわけにはいかなかった。

「それは、そうだが……。連れて帰るのか？」

「……いや。それは、できない。たとえ天使長といえども、シャヘルの洗礼を受けたからには——天上界には住めない。それが……掟《おきて》だ」

滾《たぎ》るものを圧し殺し、大儀を口にする。そして。

「…『神』がラハティエルに命じてルシファーをここへお導きになったのは、取りも直さず、ミカエルのシャヘルとしてお認めになった。つまりは、そういうことだ」

吐き捨てるようにラファエルが言った。そうしなければ、胸の閊《つか》えが重苦しくて息がつけない……とでも言いたげに。

ガブリエルは視線を落としたまま、何か言いたげに唇を震わせている。だが、口惜しそうに閉じた唇からは、ついに一言も漏れなかった。

ラファエルはゆったりとルシファーを抱き上げ、ラハティエルを振り返った。

「ラハティエル、世話をかけたな。ルシファーはもらっていくぞ」

ラハティエルは無言で頭を垂れる。それを背にして、二人は揺らぎ漂う金の雫を辿《たど》るように扉の外に出た。

しかし。腕にかかる重みがルシファーの心の痛みを象徴しているようで、足取りも重く渋りがちになるラファエルであった。

それから、ほどなくして。

ミカエルは久方ぶりに館の門を潜った。寡黙な唇をきつく引き絞ったまま、最上階まで一気に突き抜けた。

いつものように広間で寛いでいた従者たちは、思いもせぬミカエルの出現に誰もが息を呑《の》んで沈黙した。

ルシファーと違い、ミカエルが特定の従者を持たなくなって久しい。当然、ミカエルの尊顔を拝したこともない者もいた。

神の闘士——としてミカエルの名前だけしか知らない者も、ミカエルの顔を知る者も、その場にいた誰もがただ呆然《ぼうぜん》と凝視した。ただならぬ雰囲気を醸し出す美丈夫の姿を。

一方、ミカエルは。彼らの絡みつくような視線など眼中の塵《ちり》ほどの価値もなく、足早に目指す扉の中に消えていった。

そこにはラファエルとガブリエルの姿もあったが、ミカエルは目もくれずに大股で寝台へと駆け寄った。

険しく吊《つ》り上がった双眸は、褥に横たわるルシファーを捉えてようやく、わずかながら和らいだ。

(ルシファー……)

――が。その肌の異様な蒼白さに気付いて、一瞬、訝しげに眉を寄せた。

そっと触れた頰《ほお》の、異様なほどの冷たさ。

吐息は、細く。鼓動は、更に――弱い。

肩を強く揺すっても、軽く頰を叩いても、ルシファーの深い眠りは覚めなかった。まるで、そこが唯一の安らぎの場であるかのように己を閉じこめたまま……。

「ラハティエルが、忘却の河から引き上げたのだそうだ」

ラファエルに告げられて、さすがのミカエルも顔色を失った。

今日の今まで、ルシファーの行方はまったくの不明だった。諦《あきら》めてはいなかったが、ミカエルの憔悴は濃かった。だが、日々の務めに手を抜いたりはしなかった。

ルシファーの抜けた穴を埋めるためにも、むしろ精力的にこなした。周囲の目を慮《おもんぱか》ったわけではない。そうでもしていないと気が滅入ってしまいそうだったからだ。

しかし。

――まさか。

ルシファーが忘却の河に身を沈めたとは思いもしなかった。そんなことは予測もできなかった。自死は堕天同様、大罪である。天使長であるルシファーが、まさか、そんな手段に出るとは考えもしなかった。

　天上界は広い。天地界は行方をくらませるには絶好の隠れ家になる。だから、もしかして、誰かがこっそりルシファーの失踪に手を貸しているのではないか。そんな疑心暗鬼にすら駆られた。

　ミカエルはルシファーを力ずくで堕天させたことに後悔などなかった。永遠にルシファーを喪うか、否か。その二者択一であったからだ。

　後悔はしていないが、罪過であることは否定しなかった。

　だが。

　――まさか。ルシファーの絶望がそこまで深かったとは思いもしなかった。

　抱きしめた手をルシファーに振り払われた――絶望感。喪失感。それはきっと、ルシファーにはわかってもらえないだろう。そう思っていた。

　そのときの喪失感で狂乱して、自分のことしか見えていなかった。

　しかし。ルシファーが味わった恥辱と絶望はミカエルの比ではなかったのだと、今にして思い知る。

「――『神』は、ルシファーの魂を無に還すことを惜しまれたようだが、ルシファーはこの世界にはなんの未練もないらしい。自死することすら許されない身の、最後のささやかな抵抗《あがき》……と言うべきか。己の中に閉じこもったままだ」

いつものラファエルらしからぬ棘《とげ》のこもった辛辣《しんらつ》さに、ミカエルは自嘲《じちょう》の歪《ゆが》みを刷《は》いた。

「それでも私に知らせてくれたのは揺るぎなき友情からだと、そう都合よく解釈してもかまわないのか？」

「おまえの荒れた様など、情けなくて見てはおられぬからな」

低く抑えた口調に埋もれた——蒼ざめた怒り。

それだけで、ミカエルはまざまざと自覚する。天上界の至宝を穢《けが》した業の深さを。

「とりあえず、礼を言っておこう。誰に誹られようが、私にとっては何物にも代えがたい、我が命よりも重い至玉の宝だ」

嘘偽りのない事実に、ミカエルは微かに目を伏せた。

言葉よりもはるかに重い——情愛。それが究極の利己なのだとしても、もはや時を戻すことはできない。

ラファエルは、ガブリエルは、それだけでもう何も言えなくなった。

だが。たとえミカエルといえども、眠りの呪縛《じゅばく》からルシファーを解き放つのは容易なことではなかった。

自らの意思で、ルシファーは無に還ることを望んだ。天の御使えにとって、それが原罪にも勝る大罪だと解いてきた天使長が……。その、深い絶望を解きほぐす術があるのだろうかと。

（できるのか、私に？　ルシファーを連れ戻すことが）

ミカエルは自問する。身じろぎもせず、吐息を嚙んだまま……。

（この期に及んで何を弱気になっている。何がなんでも連れ戻すに決まっているだろう）

己に活を入れる。

これは贖罪《しよくざい》ではなく活路だ。『神』にもラファエルたちにも、ミカエルが新たに摑み取った絆の強さを示す最後の機会だ。

従者は主人の光波に共振する。いつ、いかなるときでも。ならば、その本能を内から刺激してやれば、もしかしたら、そこからルシファーを引き摺り出せるのではないだろうか。

ミカエルは褥の横に跪《ひざまず》き、ルシファーの下肢に手を忍ばせた。

股間の宝珠のひんやりと冷たい感触が眠りの深さを感じさせて、ミカエルはわずかに唇を嚙んだ。

（この冷たさがおまえの絶望の深さなのか、ルシファー。それでも、私は、おまえをこの手の中に引き戻す。絶対に）

『神』が忘却の河から連れ戻したように。たとえ、それが、ルシファーの意に沿わないことだとしても。

更にその最奥へと指を滑らせ、堅い蕾《つぼみ》を揉んでほぐすように愛撫を繰り返した。

（目を覚ませ、ルシファー）

その想いだけを込め、光波を注ぐ。じっくり、時間をかけて。ミカエル自身、額にうっすらと汗が滲《にじ》み出るまで……。

すると。

やがて……。

蒼ざめたルシファーの肌が、微かに紅潮しはじめた。弱々しい鼓動が、徐々にしっかりと脈を打ち出す。

そして。手にした宝珠が、ミカエルの愛撫に応えるようにわずかに引き締まった。

秘孔から注ぎ込まれる光波は甘い囁きとなり、頑《かたく》ななルシファーの眠りを揺り動かし、ゆうるりとぎこちなく呪縛を解いていくのだった。

その瞬間。

張り詰めていた糸がふつりと切れるように、ルシファーの睫毛《まつげ》が小さく震えた。

(……戻った)

歓喜の震えが、ミカエルの全身を駆け巡った。

焦点の定まらない視線は、夢心地に宙を彷徨っている。双の碧瑠璃《へきるり》は、いまだ意志のこもらない硝子《ガラス》玉であった。

そんなルシファーが愛しくてたまらなくて、ミカエルは万感の想いを込めて額の聖痕《せいこん》に口づけた。

刹那《せつな》。あたかも霊光にでも触れたかのように、見開いたままのルシファーの瞳孔がひくりと収縮した。二度、三度と。

そして。次の瞬間には、ルシファーの肢体が激しく打ち震えた。注ぎ込まれる光子の熱に煽《あお》られたかのように。

ルシファーの双眸に生気が戻る。同時に、わずかに開かれたルシファーの唇が絶句の果てに微かにわなないた。

まさか。

――なぜ。

――どうして。

声にはならない驚愕とともに。

それを目にして、ミカエルは鮮やかに微笑する。ルシファーが我が手に戻ってきた、その安堵感で。

ゆうるりと降る口づけの、甘美な息苦しさ。

それが夢でも幻でもなく現実そのものだと知って、ルシファーは思わず顔を歪めた。『神』は――忘却の流れに身を沈めることすら許してはくれないのか……と。

凍えてしまった慟哭《どうこく》は癒える術を知らないまま、ひび割れてしまった心に更に影を落とす。

ミカエルはルシファーを胸元に引き寄せ、愛おしむように片翼に触れた。

霊翼であった頃と違い、実体化した双翼はすっかり色褪《あ》せてしまっている。しかも、硬質化による萎縮《いしゅく》は避けられないのか、一回りほど小さくなっていた。

ルシファーの霊力が著しく退化した証である。

だからこそ、いっそう愛しくてならなかった。実体化したままの双翼こそが堕天の裏付けであると思うと、よけいに。

「運命は、常に『神』の御手にある。左手は光、右手は闇。まるで、私とおまえのことを言っているようではないか。これで……よくわかっただろう、ルシファー。おまえに残されている道は、私のシャヘルとして生きることだけだ」

告げられる真実の重さに、ルシファーは唇を嚙む。どう足掻《あが》いても、運命から逃れる術はないのだと。

「おまえは、私の片翼だ。ただの言葉の綾などではなく、な」

片翼を撫《な》でるミカエルの双眸に、一瞬の狂気が掠《かす》め走った。

「二度と——逃《のが》さぬ」

その語尾も乾かないうちに、ミカエルは、手にした翼を力まかせにへし折った。

喉《のど》を灼《や》く激痛に声もなく、ルシファーが仰《の》け反《ぞ》る。

ラファエルは、ガブリエルは、思いもしないミカエルの蛮行に愕然と目を瞠った。そして、思い知った。情愛を過ぎた妄執《もうしゅう》の行き着く先を。

苦悶《くもん》の呻《うめ》きがルシファーの唇をこじ開け、吐息を小刻みに震わせる。滂沱《ぼうだ》の涙が眦《まなじり》からこぼれ落ち、蒼ざめた頬を濡《ぬ》らした。

ミカエルはルシファーの細い首を摑むなり、平然と言ってのけた。

「片翼では、時空の流れを飛翔することもできまい？　おまえをこの手の中に繫《つな》ぎ止めておくためならば、こういう手荒なことも平然とやれるのだ、私は」

絡み合う双眸のきつさが、それぞれの色を刷いて歪む。

ミカエルは腰に下げた革袋の口を切って聖液を口に含み、有無を言わさずルシファーの口へ注ぎ込む。

しかし。唇が外れると同時に、ルシファーは残らず吐き捨てた。最後の虚しい足掻きというよりはむしろ、悲壮なほどの高潔さで。

ミカエルは曖昧《あいまい》に苦く笑い、無言のまま再度唇を重ねた。

ルシファーの形のよい唇の端から、一筋、澄み切った緑の雫が糸を引く。

それをゆったりと指で拭《ぬぐ》いながら、ミカエルは、もう一方の翼を摑んで力を込めた。

「飲むんだ、ルシファー。これも、へし折って欲しいのか？」

別段、凄《すご》むわけでもなく。必死に掻き口説くわけでもない。だが、ことさら穏やかな口調は一抹の狂気を孕む。

そうして、ルシファーは知るのだった。目の前にいるのは、双翼と称えられた互いの片翼などではなく、この先、我が身の主人として君臨する御使えなのだと。

ルシファーは昏い翳《かげ》りを隠そうともせず、ゆっくりと嚥下《えんか》した。

飲み干した聖液の、とろりとしたまろみが身体中に沁《し》みていく。なんとも形容しがたい、絶望の苦さを誘って……。

異端

時間《とき》は、流れゆく。
速すぎず。
留まらず。
堕ちたる天使の嘆きを孕み。
漂うように、ゆうるりと……。

時刻《とき》が——満ちていく。
密やかに。
ささめく吐息の甘さを絡ませながら。
羽化への眠りを誘《いざな》うように……。

館で過ごす夜は長い。

折れた翼は、傷が癒える前に朽ちた。生気を失い急速に萎《しな》びて枯れていった。シグルドの実から採れる聖液にはそういう効力があるのだ。

すべての従者《シャヘル》と同じように、ルシファーは羽根なしになった。

かつて、どの熾天使《セラフィム》よりも輝きを放っていた黄金の翼は永遠に失われた。髪が、目が、闇《シャヘル》の色に染まっていくとともに。

なのに。なぜか。光輪《オーラ》の輝きは褪せなかった。むしろ、蜜月が近づくにつれて、その輝きはしっとりと艶《つや》を増した。香り立つ肌の艶《なま》めかしさを引き立てるかのように。

だが。ルシファーの顔に至上の笑みは戻らなかった。

ミカエルの従者として、夜ごと交わす契りの激しさ。蜜月の逢瀬だけではなく、ミカエルは二夜とおかずに館に通い詰めてルシファーを抱いた。今までの飢渇感を埋めようとでもするかのように。

睦み合いではない艶事のあとを引く四肢のけだるさがルシファーの唇から言葉を奪い、匂い立つ肌の艶めかしさとは裏腹に魂《こころ》は芯から凍てついていくのだった。

「おまえの蜜は、いったい、どんな味がするのだろうな」

初めて時が満ちた夜、ミカエルはルシファーの耳元でうっとりと囁いた。

耳朶《みみたぶ》を掠めるミカエルの熱い吐息。項《うなじ》を這う唇の、温もり。愛撫の手は、いつにも増して吸い付くように肌に搦《から》んだ。

熱く……。

濃厚に。

その激しさから逃れる術は……ない。

頑なに閉ざす心を嘲笑《あざわら》うかのように、身体は、淫《みだ》らに熟《う》れていく。

従者の血の——昂《たか》ぶり。制御不能の淫靡な疼《うず》きに、理性も、矜持《きようじ》も、蝕《むしば》まれていく。

股間で蠢《うごめ》く、甘い痺れの誘惑。それは洗礼を浴びたときよりもはるかに峻烈《しゆんれつ》であった。

逆らいがたい魔力にも似た、疼痛《とうつう》……。

情欲に堕ちていく——とは、まさにこういうことを言うのであろうかと、ルシファーは軋るほどに歯噛みをするのであった。

ミカエルの囁きは甘美な毒となり、ルシファーを呪縛する。頭の芯まで突き刺すような淫らさで……。

求められるままぎこちなく身体を開き、唇を震わせ、ルシファーは荒い吐息を漏らす。

主人と睦み合うには階着の裾をはだけて股間を曝すだけ――だが。ミカエルはいつもルシファーを一糸まとわぬ裸体にすることを好んだ。睦み合うのではなく、ルシファーを抱いて、抱きしめて、まぐわうために。

「あ……あぁっ……」

宝珠を優しく嬲《なぶ》られて、ルシファーは思わず呻いた。

花芯はとうにしなりきっている。蜜月が近づくと下穿《ば》きを身に着けていることすら辛くなるほど宝珠《シャルマリ》が張り、花芯は痛いほど屹立《きつりつ》するものなのだと知った。

その様を、すべてミカエルにさらけ出す――恥辱。

従者として生きることしかできないのなら、それに特化した扱いであればいい。他の従者と同じように、蜜月の逢瀬だけの絆だけでいい。

しかし。ミカエルは違う。

「私はおまえと抱き合いたいのだ」

掟破りな情欲を口にし。指で、唇で、舌で、それを知らしめる。

「おまえとまぐわって、身も心もひとつになりたい」

なぞり、口づけ、舐《な》め上げ――貪る。

天上界において、接吻は、下位の者から上位の者への礼節のひとつであった。

片膝をつき、その手を押しいただいて軽く口づけるのは敬愛であり、長衣の裾をつまんで唇を這わせるのは忠義を尽くす証であり、平伏して足に口づけるのは恭順の意を表すことであった。

だが、どれほど親密であっても互いの唇を重ね合わせることはない。それは礼節ではなく禁忌であるからだ。

それゆえに、ミカエルと交わす口づけはとてつもなく淫らだった。

舌先でねっとりと歯列をなぞられるだけで目の奥が痺れ、舌を搦めてきつく吸われると頭のどこかで紗がかかり、思考が白濁した。

ミカエルとの接吻は背徳の味がした。淫蜜がしたたり落ちる――味がした。

息苦しくてたまらないのに、逃がれる術はない。

貪られる口づけがあまりに刺激的で、胸の鼓動が痛いほど高鳴り、頭の芯が痺れていく。爛れていく。

――とろけていく。

ルシファーを蝕んでいく。

かつて一度も従者を持ったことがないルシファーは、主人側の礼式は知っていても、当然のことながら従者としての仕来《しきた》りも褥の中での作法も知らなかった。

ただ、最上階の仕切りを任されているアシタロテから館での決まり事を聞かされたにすぎない。それも、うろ覚えだった。

アシタロテの言葉が耳に入ってこなかった。いや、アシタロテの顔すらろくに見ていなかった。それが、正しい。

甘いけだるさが不意に跳ね上がり、名状しがたい痺れを掻き立てる。

刹那——ぞくりと、震えが背を這い上がった。

「も……ぉ……よ、せ……。か…身体……とけ…る……」

ルシファーは身悶《みもだ》える。

喘ぎに乱れる吐息も、わななく唇からのぞく舌先の震えも、わずかに残った理性を食《は》む魔性の調べであった。

天使長であった頃は、快感と呼べるものは三聖頌《トリスアギオン》を唱えて『神』の慈愛を実感することであり、清光の泉で沐浴《もくよく》することであった。それだけでささやかな幸福を感じることができた。

だが。こんな、身体の芯がじくじくと疼いて震えがくるような快感は知らない。

息継ぎも満足にできない口づけに翻弄《ほんろう》され、股間を嬲られて血が滾る。ミカエルの唇が落ちていく先々で肌がさざめく。舐められ、吸われ、身体のそこここで官能の熾火《おきび》が爆《は》ぜるように痺れの渦が巻く。

知らなかった快感をひとつひとつ暴かれていくのは、耐え難い廉恥《れんち》であった。いっそのこと焼け付く羞恥《しゅうち》で頭が爆裂し、失神してしまうほうがはるかにましだった。その間に何もかもが終わってしまうことを、強く願った。

――が。望みは叶わなかった。

ふたつの宝珠をきつく揉みしだかれて、ルシファーは小刻みに下肢を痙攣《けいれん》させはじめる。快感……と呼ぶには酷なほどの痺れであった。

淫靡な灼熱《しゃくねつ》感に頭の芯は熱くとろけ、眉間を歪めて叫びたくなるようなうねりが容赦なく背骨を突き上げた。

「う…うぅぅッ……」

すすり泣きにも似た喘ぎの音が、ルシファーの喉を震わせる。もう、声を噛むことすらできない。

そうやってルシファーが我を忘れて喘ぐほどに肌から立ち上る芳香は濃厚になり、むせ返るほどの蜜の馨でミカエルを誘っていた。

もう、充分すぎるほどだった。

だが。ミカエルは、まだ花芯を口に含む気がしなかった。

愛撫に身悶えして切なげに囀《さえず》るルシファーを、いつまでも抱いていたかった。

額の聖痕に口づけながらミカエルは花芯を弄《もてあそ》ぶ。しなりきったそれは、主人の唇で強く吸われて初めて精気《蜜》を放出する。ルシファー自身の意志でどうにかなるというわけではない。

それと意識せずにミカエルが焦《じ》らせば焦らすほど、熟れた精気はルシファーを底のない快楽へと引き摺り込んでいくのであった。

（……い…かせて、く…れ……ミカエル、も…ぅ……いかせ…て……）

声にならぬ哀願を込めて、ルシファーはミカエルの腕にしがみついて爪《つめ》を立てた。

「吸って……欲しいのか？」

とろけるような囁きに喉が灼けるような錯覚すら覚えて、ルシファーは唇をわななかせたまま、ぎくしゃくと頷いた。

宝珠を揉む手はそのままに、ミカエルはルシファーの下肢をゆっくりと押し広げた。

ルシファーの花芯は硬くしなりきって筋が浮き、主人の吸引を待ち焦がれるように切なげに震えてすらいた。

先端の蜜口を指の腹でくすぐるように刺激してやると、

「ん……うぅッ」

ルシファーの喘ぎが揺れ、先走る精蜜の雫がジワリと滲んだ。

とたん、濃厚な蜜の馨がいきなり弾けた。ミカエルの餓えを貪欲に刺戟《しげき》するかのように。

ミカエルは舌の先で蜜口をまさぐりつつ、きつく吸った。

その瞬間、口いっぱいに芳醇《ほうじゅん》な蜜が溢れかえった。

ミカエルは思わず喉を鳴らした。いまだかつて、これほどまでに濃《こく》のある、まろやかな精蜜の味を知らなかった。

（あぁ……。なんと極上な）

マナ蜜など、ルシファーがもたらす蜜の味に比べればただの水にすぎなかった。

驚愕は、やがて、形容しがたい鼓動の熱さを伴ってミカエルを芯から焦がした。そして、最後の一滴まで貪るように手にした宝珠をきつく揉みしだくのだった。

「や……はっ、はっ……ううう～～～」

背が反り返り、四肢を引き攣《つ》らせ、口の中でぐったりルシファーが果てる。あれほど張り切っていた宝珠も溜め込んでいた蜜を放出してしまったあとは、元の柔らかな感触に戻った。

ミカエルは満足げに顔を上げ、嘆息ともつかぬものを漏らして乱れた髪を掻き上げた。

冴《さ》え冴えとした蒼瞳は活力でしっとりと潤み、身体中のどこもかしこも生き返るような張りがあった。

それはクルガーでの癒しで得られる精気とは比べるべくもなく、その感激を胸にミカエルはうっとりと呟《つぶや》いた。

「おまえの蜜は、ルシファー。とろけるように……甘い」

血の一滴までもが滾り上がるような熱いうねりが去っても、ルシファーはまだ荒く胸を喘がせたままだった。

気息が整わない。早鐘のように鳴り続ける拍動は頭の芯を締め付けたままで。指一本、上がらない。

どんよりと鈍く、重く、四肢を食《は》むけだるさだけが残った。だが、その余韻《よいん》に身をまかせる余裕もないまま、両の足首を取られて大きく割り開かされた。

羽根枕を腰の下にあてられ、身体の最奥まで余すところなくミカエルの目の前で己のすべてを曝け出されると。砕け散ったはずの羞恥までもがひりひりと喉を灼くようで、ルシファーは思わず硬く目を閉じた。

先の洗礼で一度は貫かれたとはいえ、ルシファーのそこはまだ堅い蕾だった。

ミカエルは指で押し開きながら、ためらいもなく口づけた。たっぷりと唾液《だえき》を乗せた舌で、柔襞《やわひだ》のひとつひとつを丁寧に清めていく。そして、充分に潤ったことを確かめた上で、ゆったりと時間をかけて揉みほぐすのだった。

ミカエルに限らず、通常、主人たちは精蜜を貪る行為以上にじっくりと時間をかけて、そこに愛撫を施す。繊細な秘肉を傷つけないために。

むろん、それもある。

だが。それ以上に、己の光子が甘く薫りのよい精蜜になるもならぬも、それ次第だと知っているからである。

淫らに熟れた秘肉は、それだけで、香ばしい蜜を作り出す媚薬《びやく》になる。

そのことにのみ執着するあまり、あるいは手っ取り早く、従者の身体に負担のかかりすぎる淫油を潤滑液代わりに使用する者もいるほどだった。

極論を言ってしまえば、従者とはいくらでも代用のきく器だからだ。

だが、ミカエルは香油すら使わない。ルシファーの中には、己以外のものは何も入れたくないのだ。だから、たっぷりと時間をかける。ルシファーの秘肉が熱くとろけるまで……。熱くそそり立ったミカエルの雄蕊《ゆうずい》が、小刻みに……だが当然の権利を行使するかのようにルシファーの中へとめり込んでいく。

それは従者であるルシファーにとって拒むことなど許されない、聖なる受胎の儀式でもあった。

「あっ…うぅぅ………」

噛み締めた唇を無理にこじ開けるかのような呻きが、ミカエルの耳を掠めた。

喘ぎの音を奏でるときとは別の四肢の震えが、ミカエル本来の荒い気性をくすぐらずにはおかない。手荒く力でねじ伏せたいという、あの衝動である。

そんな、脳髄《のうずい》を鋭く突き上げるような思いを唇の端で噛み殺して、束の間、ミカエルは動きを止めた。

苦悶に打ち震える、ルシファーの荒い吐息。ルシファーがきつく眉をひそめるたび、うっすらと汗の浮いた額の聖痕が歪む。

その瞬間、ぞわりと、何か得体の知れないものがミカエルの腰骨を舐め上げた。昏い血の滾りが自制心を根こそぎ食いちぎるかのように……。

ミカエルは一息浅く息を噛んで、大きく腰をくねらせた。

「ひっ……あぁぁっ！」

狭い肉襞を突き破らんばかりに怒張した雄蘂のきつさに、ルシファーは息を止めて仰け反った。

爪先まで引き攣らせ、無意識にミカエルを締め付ける。

「くっ……ううっ……」

甘い呻きが、初めてミカエルの口を突いた。

深々と穿《うが》ったそこからねっとりと絡み、しがみついてくる刺激に荒く息を弾ませながら、ミカエルは更に腰を入れてねじ込んだ。

きつく。何度も。抉《えぐ》るように。身体の芯が熱くとろけてしまうまで……。

そうやってミカエルが放った光子が身体中に染み渡るのを、ルシファーはおぼろげに感じていた。

「ルシファー。これから時が満ちるたび、おまえは嫌でも知るだろう。この身体が、すでに私なしでは生きてゆけぬことをな。未来永劫、おまえは私のものだ」

身支度を終えたミカエルが『愛』という名の呪詛《じゅそ》を残し、扉の外へ消えていく。

その足音を背で見送り、ルシファーは乱れに乱れた黒髪をぎこちなく掻き上げた。

身体の最奥に穿たれた烙印《らくいん》の痛みと熱さが頭の芯まで食い込むような錯覚に、のろのろと身体を起こす。そして、ひりつくような喉の渇きを癒やすために震える指を卓上の水差しに伸ば

した。


主人である御使えが館を訪れる時刻に制限はない。ゆえに、門限もない。主人たちはいつでも好きなときにやって来て、己の従者を貪り尽くし、そして休息を取る。

その行為は睦み合いであって、決して快楽を得るためのものではない。

主人と従者が褥で睦み合うことはあっても、同衾《どうきん》することなどない。主人が寝台で休眠している間、彼らは床に簡易の寝具を敷いて眠るのが決まりだった。

だが、ミカエルは違う。

まぐわいが終わっても、ルシファーを片時も離さない。疲れきったルシファーがそのまま寝入ってしまうのを飽かず眺めていることもあれば、抱き合ったまま二人して眠り込んでしまうこともあった。

とにかく、型破りなことには違いなかった。それを、まったく隠そうともしない。いや……暗黙の掟を蹴散《けち》らし、主人としての権利を行使することをためらわない執着心でもってルシフアーを雁字搦《がんじがら》めにした。

「館で己のシャヘルを抱くのに、なんの遠慮も禁忌《きんき》もなかろう」

平然と言い放つミカエルであった。

そんな、ある日。

いつもよりも遅めにやってきたミカエルは、長いすにどっかりと座ると、ルシファーが銀杯に果実酒を注いで卓台に置くのを見計らったように言った。

「ルシファー。おまえに渡すものがある」

懐からカジュールと呼ばれる光沢のある小箱を取り出して、ルシファーに差し出した。

「開けてみろ」

促されるままに手に取り、開けてみる。中には、精緻《せいち》な細工が施された額飾りがあった。細く編み込まれた銀鎖の中央には、瑠璃色に輝く宝玉が燦然たる輝きを放っていた。

「これは……」

ルシファーは微かに眉をひそめる。そんなことは無視して、

「美しかろう?　おまえのために特別に作らせた」

ミカエルは上機嫌で言った。

いったい、なんのために?

あえて、それを聞くまでもない。

「着けてみろ」

「それは……命令か？」

「そうだ……と言わねば、おまえは受け取るまい？」

ルシファーの心情を見通すことなど、ミカエルには容易《たやす》いことだった。

「こんな贅沢《ぜいたく》な装飾品は、わたしには無用のものだ」

ミカエルの不興を買うのは承知の上で口にしても。

「美しいものはそれなりに相応しいもので飾って、愛でたい。それが、主人としての当然の楽しみというものではないか？」

口の端で一笑に付される。

（それは楽しみではなく、悪趣味というのだ）

言うまでもなく、ミカエルは確信犯である。

今、館は不穏にざわめいている。掟破りなミカエルの振る舞いのせいで従者たちは不平不満を募らせ、他の主人たちは心底苦りきっているだろう。

ルシファーの望みはただひとつ。着飾ることではなく、平穏——だ。従者に相応しい扱いをされることだ。願っても叶えられないことはわかっているが、ことさらに館の住人たちの感情を逆撫でにしたいとは思わない。

何もしなくても、ルシファーは存在するだけですでに異端なのだ。

かつての金髪碧眼《へきがん》が黒髪黒瞳へと様変わりをしても、他の従者とは相容《い》れない。霊翼は喪っても、天上界一位の名残《なごり》を留める光輪の輝きが朽ちないからだ。

（いったい、おまえは何を考えている？）

悪趣味も過ぎれば毒になる。

館に波風を立てずにはいられない――わけでもないだろうに。

それを思い、ひっそりと自嘲する。ただの従者に過ぎないルシファーにはそんな諫言《かんげん》めいたことを口にする権利も資格もない。

（どちらにしろ、わたしに『否』という言葉がないことに変わりはないがな）

主人の命令に『否』は許されない。

意地を張るだけ時間の無駄。それは、己の身体で厭《いや》というほど実体験をした。

ルシファーはゆったりとしたしぐさで額飾りを着けた。

「これで、よいか？」

「あぁ……。よく似合う」

満足そうにとろりと笑って。ミカエルは立ち上がり、ルシファーの頤《おとがい》を指で撫でた。

「外すなよ、ルシファー。いつでも、どこでも、それは身に着けていろ」

見据えた目は逸らさず。

「その額飾りは、おまえの恭順の証だ。それを、忘れるな」

腕にルシファーを抱き込んで、その耳元で囁いた。

時が、緩やかに漂っていた。

一見、堅固な城塞のような外観の厳めしさとは裏腹に、喘ぎの館には、日々待つことだけしか知らない者たちの物憂げなため息が澱《おり》のように淀《よど》んでいた。

華美にならない程度に設《しつら》えられた部屋は、主人を迎えること以外なんの楽しみがあるわけではない。

空腹になれば食を摂り、眠気を覚えれば部屋に帰る。それ以外は、それぞれの階にある広間か、あるいは光界から主人たちを迎え入れるための扉が開く一層の大広間へと足を運ぶのが常だった。

主人たちは必ずそこを通る。誰ひとりとして例外なく。

大広間の大扉のみが、館の出入り口であるからだ。

従者たちの階着は誰がどの階層の住人であるかで色や形に明確な差異がある。それは館での混乱を避けるための処置である。同じように、絶対階級制の主人たちの式服は官位と所属する機関によってはっきりとした相違があった。

一番の相違点は、背の双翼の有無である。上級三隊である主人たちは、館を歩いているときには霊翼は発現しないので、誰がどこの所属であるのかは官衣でしか見分けがつかない。その他の主人たちも、己の従者の部屋に出入りするときには隊属が一目でわかるように属装が義務づけられているのである。

従者たちは主人の着衣を見て、思い思いに感傷に浸るのだ。自分たちがまだ天の御使えと呼ばれていた頃の忘れ得ぬ記憶を手繰るように。

しかし。唯一、仲間たちと語り明かすことのできる広間ですら、渇いた心を癒やすには遠かった。

そんな彼らのため息を天上界第二位という煌びやかな式服で蹴散らしながら、ミカエルは二夜と置かずに通ってくる。ルシファーの元へ。わずかな脇目も振らずに。

館の中を一陣の風が吹き抜けたのは、むしろ、当然のことだったかもしれない。

熱い羨望《せんぼう》と、虚しい――誤算。

ただ無言でミカエルを凝視する彼らの視線には、紛れもないルシファーへの嫉妬がこもっていた。

彼らの髪と目は闇色である。

だが、一概に闇色といっても濃淡はある。くすんだ黒もあれば、灰色に近い黒もある。暗褐色もあれば、ぼかし塗《ぬ》りをしたような色合いのものもある。

すべてが同じ色に統一されないのは主人の霊力の格差ではなく、むしろ器に根付く光波の相性による相異だろうと言われていた。

だから、誰も気にしたりはしなかった。自分がまとう色などには。そんなことは些末《さまつ》なことだったからだ。みんな違って当然だったからだ。

だが、ルシファーは目も髪も漆黒だった。闇よりも濃厚で光沢のある美麗な黒色。しかも、聖痕は額に出るというあり得なさであった。

それは、もしかしたら、すべて出自の為せる業ではないか……と。誰かがひっそり漏らした一言で、彼らは一気に浮き足立ってしまった。

『あの方は特別だから』

その言葉は従者たちの心情を逆撫でにする魔力を秘めていた。同時にそれは、自分がまとう色に対して、隠しようのない劣等感をも刺激せずにはいられなかった。

そんなことでいちいち動揺するなんて、莫迦莫迦《ばかばか》しい。頭ではわかっていても、ささくれだった感情は別物だった。

従者とは、所詮《しょせん》、主人の活力を蓄えるための器でしかない。その身を飾るのは熟れていく芳香だけである。

いや……。芳香は満ちていく時がもたらす魅了ではあっても、不変の魔力ではない。限られた、ひとときだけの蜜月が終わってしまえば、芳香どころか肌の張りも色香もたちどころに消え失せてしまう。

だからこそ、彼らは身体に刻まれた聖痕を露出する。我が主人は、あなた一人なのだと。言葉ではなく、見せつける。

それだけが自分にとっては唯一の証であり、ただひとつの誇りなのだと。

館に住まう誰もが、そうであった。今までは……。

なのに。ルシファーは、彼らの前では滅多に素肌を曝さなかった。いつも、肩から足首までをすっぽりと覆った長衣姿であった。いや、それ以前に、ルシファーが広間に降りてくることさえ珍しいことだった。

降りてきても、ルシファーは誰とも視線を交わさない。声をかけることもない。ただ水差しに果実酒を補充し、わずかな食料を持っていくだけなのだ。

長衣だけではない。ルシファーの額にはミカエルから贈られたとおぼしき額飾りが燦然たる輝きを放っている。露出することが唯一の証であるはずの聖痕を、ひっそりと覆い隠すかのように。

そうして、彼らは嫌でも知るのだ。器としてではなく、真に愛されるということがどういうことなのかを。

元天使長が毎夜のようにミカエルの腕に抱かれて眠るという事実を、目と鼻の先で否応なく見せつけられる妬ましさ。蜜月の、束の間の逢瀬にすら想いを託す術も知らない我が身と引き比べてあまりの落差に彼らは嫉み、震える唇の端で誹らずにはいられなかった。

羨ましい。

嫉ましい。

恨めしい。

ルシファー相手にそんなことを思うことすら不遜《ふそん》であると知りながら、それでも、館の中で唯一の『特別』である存在に向けてただ漏れる感情は止まらなかった。

ルシファーは眉ひとつひそめはしなかった。

従者——と呼ぶには重く、傲慢《ごうまん》にはほど遠い、痛ましいくらいの高潔さ。彼らの中にあって、それは、孤高の沈黙を遵守《じゅんしゅ》するかのように悲壮ですらあった。

いや——彼らの嫉妬がルシファーを孤立せしめているのではない。他者との関わりをすべて拒絶するかのようなルシファーの沈黙が、誰をも寄せ付けなかったのである。

彼らが声を潜め、ルシファーを視線で名指しながら辛辣な言葉を口にせずにはいられないのは、羨望を過ぎた嫉妬以上にその沈黙が苛立たしくてならないからだった。

たとえ、天上界にあっては『天使長』と呼ばれようとも、洗礼を受け、聖液を飲み干して館に降《くだ》ったからには身分に上下の区別はない。館では誰もが一律平等。なのに、皆の心の支えであった唯一の不文律がルシファーのせいでなし崩しになってしまった。

彼らにとって唯一絶対の存在はもはや『神』ではなく、自分の主人たる御使えだけである。それゆえ、従者に『否』は許されない。

館には館なりの、暗黙の取り決めというものがある。

腐った果実ひとつが、その樹の根元まで腐らせるのだ。ゆえに、彼らは自戒する。そこからはみ出してしまわないようにと。

彼らがそうであったように、いずれルシファーもそうなるものだと、誰もがそう思い込んでいた。絶望し、諦めになれ、同病相憐れみながら生きていくのだと。

しかし。ルシファーは凛《りん》と頭を上げたまま膝《ひざ》を折ろうとはしなかった。その目は、誰をも見てはいなかった。はるか遠くに据えられたままだった。

彼らは、誹る視線の先で密かに切望していたのだ。堕ちたる至高の天使――自分たちとは明らかに違う、白き額に聖なる刻印を穿たれたルシファーに癒やされることを。

決して満たされることのない心の渇きが満たされることを。

天上界にあっては、ただ、はるか遠くから見上げるしか術のなかった天使長ルシファーと、たった一言でもいい、言葉を交わすことで餓えた心の侘《わび》しさを潤したかったのである。彼らは、心の底で切に……切実にそう願っていたのである。

けれども。ルシファーは手を差し伸べるどころか、彼らのためには沈黙の扉さえ開こうとはしない。

——なぜ？

自分たちと同じ従者でありながら、自分たちを拒絶するルシファーの気持ちがわからない。その真意がどこにあるのかさえ。

秀麗な面差しから至高の笑みは削がれ、慈愛の眼差しも失せ、ただ声をかけることすら許されないような沈黙だけが残った。研ぎ澄まされた冷たさは、それだけで、彼らに言いようのない不安を抱かせずにはおかなかった。

陽光に住むことは許されず、闇を畏怖する彼らにとって、館は唯一無二の世界であった。淡々と積み重ねられた時間は、一定の律動で流れていかなければならない。速すぎず、留まらず、漂うようにゆうるりと……。

なのに。ルシファーは、そこに存在するだけで大気の流れすらも変えてしまう。切望する胸の底で、嫉妬に焦がれる視線の先で、千々に乱れて絡み合う想い。だが、彼らは日常の平穏に漣《さざなみ》が立つことすら好まなかった。

✝ 集いの日 ✝

集いの日。

天の御使えが打ち揃《そろ》って『神』への賛美に頭《こうべ》を垂れる、その日。

シエラと呼ばれる巨大な九本の御柱が天を支える〈アラボト〉の聖神殿には、いつにも増して光々《こうごう》しく、熾天使《セラフイム》たちが唱える清らかなる詠歌が響き渡っていた。高く、広く、あまねく賛美に打ち震えるかのように。

「いよいよ始まるな」

ことさら素っ気なくラファエルが言った。

「ミカエルがどう捌《さば》くか。見物ではあるな」

努めて平静にガブリエルが口にする。

「皆、それを見逃したくなくて早々に集結してきたというところか」

ナタナエルが口の端で薄く笑う。

「ミカエルの真価が問われる瞬間だ。誰もが興味津々《しんしん》だろう」

サンダルフォンも関心を隠せない。

神殿の中央にはひときわ高く、淡い紫色に輝く祭壇がある。白銀の軍装に身を包んだミカエルはその最上段に立ち、聖剣《マキナ》を捧げ持って大いなる御名を三度繰り返した後、静かに剣を抜き放った。

そのまま、ゆっくりと頭上にかざす。

それを合図に、御使えたちは一斉に声を上げた。はるか天上を指す剣の切っ先が灼熱《しゃくねつ》の輝きを帯びるまで。

びりびりと神殿を揺るがす鳴動。

ちりちりと熱をもって、ミカエルの髪が逆立つ。普段は無造作にひとつに束ねられた金髪も今日はきちんと編み込まれているのだが、その髪留めが膨《ふく》れ上がる霊力に弾け飛んでもミカエルは身じろぎもしない。ただ集中して気合いを込める。眉間《みけん》の、その一点に。

そして、放った。聖剣の切っ先へと。

瞬間。剣先が爆《は》ぜ割れ、炎の大蛇となって目映《まばゆ》く天空を染めた。

大蛇が駆ける。灼熱の炎を吐きながら。祭壇を舐《な》め尽くすかのように。

それはやがて、御使えたちが一心に唱える三聖頌《トリスアギオン》に共振し、一瞬のうちに天を焦がすほどの強大な清光となって弾け散った。

刹那《せつな》の沈黙が、神殿をひと呑みにする。

そのとき、すでにミカエルは聖剣を鞘《さや》に収め、祭壇に背を向けゆったりと歩き出していた。


今しがた終わったばかりの式典を最前列の席で見ていたナタナエルは。

「吐息ひとつ乱さず、焰《ほのお》の剣の一振りでトリスアギオンを昇華させるとは……。神の闘士は、さすがに剛胆なものだな」

集いの日の儀式を、無難……とは言いがたい鮮やかさで締めくくったミカエルの背を目で追いながら、ひとつ深々とため息を落とした。

「天上界に巣くう諸々のわだかまりを、力まかせにねじ伏せた……というところか」

ガブリエルが正鵠《せいこく》を射る。

「まぁ、ミカエルらしいと言ってしまえばそれまでだが、やり方があまりに荒々しすぎて、あのまま神殿ひとつ持って行かれるのではないかと本気で心配したぞ、私は」

辛辣《しんらつ》な口調の割にはケムエルの顔つきはしごく穏やかだった。――が、微《かす》かに眇《すが》められた双《そう》眸《ぼう》はもっと別のことに気を取られているようでもあった。

「式典は、派手なほうが見栄えがするものだ。一度目の裏に焼きついたものは、そう簡単に消え失せはしないからな。有無を言わせず皆を納得させるには、実に上手《うま》いやり方だったと思うが?」

ガブリエルがそれを口にすると、ケムエルはわずかに口の端を吊《つ》り上げた。

「…『神』の名指しも計算ずくだった——とでも言いたいのか、ガブリエル」

「どちらの思惑がどうであれ、なんらかの示しは必要だったということだろう。天上界の双翼が、見かけ上、片翼になってしまったのだからな」

「それは当然、我らにも言えることだ」

ナタナエルは断言する。

熾天使を束ねる四大君主は、天上界を守護する四方の風を意味する。

北は、ケムエル。

南は、ナタナエル。

西は、ガブリエル。

そして、東の要はルシファーであった。

その均衡が突然崩れてしまった。いまだ、東の座は欠けたままである。

名目上のこととはいえ、天上界の至宝とまで言われたルシファーの跡目を継ぐには、それだけでも相当な重圧であろうことは想像に難くない。まして、東の座の配下たちは、ルシファーに心酔しきっていることでその名を馳《は》せていた。

東の座の大君主という最大級の栄誉は狙《ねら》って得られるものではない。持ち回りの名誉職でもない。密《ひそ》かな野望はあっても、それに見合う実績がなければ誰も推挙しない。その決定権を持つのは天上界を統轄する十四人……いや、今は十三人になってしまった大君主だけである。

ルシファーが不本意な形で抜けてしまわなければ望んでも得られる玉座ではなかった。謂《い》わば、誰もが予期しなかった曰《いわ》く付きの幸運の椅子である。しかし、そこに腰を据《す》えるということはすなわち、内からも外からも、ルシファーという巨大な幻影と常に比較され続ける重責を負うことでもあった。

現に次期の座に名の挙がっている君主たちは、一切そのことには触れたがらない。

「今更、誰を据えたところで同じ……という気はするがな」

別段、他意はなさそうにナタナエルが口にする。

「東の座を仕切っているのは、実質、ササラとゼフォルトだとルシファーは言っていた。ならば、頭を誰にすげ替えたところで同じことだろう」

「身も蓋《ふた》もないことを言うな、ナタナエル。いかにあれらが優秀であろうと、けじめはけじめだ」

ガブリエルが苦言を呈する。

「だが、問題は、あれらをきっちり使いこなせるだけの度量と忍耐のある君主がいるかどうか……に尽きるのではないか？　まぁ、人のことをあれこれ言えた義理ではないがな。いっそのこと、ミカエルにでも任すか？」

　ケムエルが苦く笑うと、ガブリエルは深々と息をついた。

「血を見たい……とでも言うつもりか、ケムエル」

冗談にもほどがある。ここだけの内緒話であっても、笑えない。

「そう、露骨に睨《にら》むな。あー、よくわかった。失言は取り消す。それで、よかろう？」

言いつつ、その目の端でケムエルはミカエルを追う。先ほどよりは、もっと、ずっと真剣な眼差しで。

　そして、ぼそりと漏《も》らした。

「ガブリエル。おまえ……試されているのはなんだと思う？」

　束の間、ガブリエルはじっとりと眉《まゆ》を寄せた。

「ルシファーを越えることは誰にもできない……と、皆、興味津々でこの『集いの日』を迎えたはずだ。二番煎《せん》じでは、誰も納得はすまいからな。ミカエルは、ルシファーの対極を為す力業でそれを我らに見せつけた。ならば、四方の座の長として、我らもただ手をこまねいているわけにもいくまい」

「そうだな。ルシファーが欠けた穴をどう埋めるか……。試されているのはミカエルの力量ばかりではないと、この際、我らも肝に銘ずるべきかもしれぬ」

「——風が吹くと、思うか？」

静かなる声で、ナタナエルが言った。

「おそらく、な」

唇重く、ケムエルが返す。

「要は、その見極め方だろう」

ガブリエルの口調も、いつもよりは数段厳しかった。


時を同じくして。

ざわめきの中。ラファエルは三度名前を呼ばれて、ようやく重い腰を渋り上げた。

「いいかげん機嫌を直したらどうだ、ラファエル」

微かに苦笑して、長身のサンダルフォンが肩を並べる。

「俺は別に、機嫌など悪くない」

「その顔で、か？　見ろ、アスエルがびくついているぞ」

「い、いえ。わたくしは、そんな……」

思わず口ごもった副官のアスエルは、ラファエルにひと睨みされてごくりと言葉を呑み込んだ。

「そんなに、気になるか？」

何が？　……とは問わず、ラファエルは不機嫌そうに舌打ちをした。

「気付いたか？　おまえも」

「あー。ほんの一瞬だったが、ミカエルの光輪にルシファーの霊威が重なって見えた」

事もなげにサンダルファンは吐き出す。その、厳然たる事実を。サンダルフォンにも見えたというのであれば、それはラファエルの錯覚ではなかったということだ。

「ならば……当然、ほかの君主にも知れただろうな」

「我らが気付いた程度にはな」

言葉を交わしながら二人はゆったりと歩き出す。互いの顔も見ず、ただ前だけを見据えて。

「どう……思う？」

「わからんな。あいにく、『神』が溺愛《できあい》なさる天使長を己のシャヘルにしようなどと、そんな大それた野望に目が眩《くら》んだことがないのでな」

揶揄《やゆ》でも皮肉でもない。まごうことなき本音である。

——いや。この天上界において、そんな非常識はミカエル以外にあり得ない。そう断言してしまえるサンダルフォンであった。

「もっとも。『神』を相手に命を張れるだけ、ミカエルはやはり只者《ただもの》ではないのだろうがな」

ミカエルの暴挙を『神』が黙認したという事実に、天上界中が震撼《しんかん》した。

いったい、なぜ。何が、どうなっているのか。『神』とミカエルの間で、どういう密約が為されたのか。

その真実を知る者は……ただの一人もいない。

そのせいで、噂《うわさ》は絶えないどころか天上界中に蔓延《まんえん》している。あることないこと、尾ひれをつけまくって。辛辣な誹謗《ひぼう》中傷が大炎上していると言っても過言ではない。

ミカエル本人は、見事に黙殺状態であったが。内心はどうであれ、あそこまで徹底した鉄面皮もあっぱれ……と言いたくなるほどであった。

「それを言うなら、シャヘルの聖痕《せいこん》を額に持つルシファーこそ只者ではあるまい。一瞬たりとはいえ、シャヘルの霊気が主人をも凌駕《りょうが》するなどとは……」

通常ではあり得ないことが目の前で起こる――奇跡。

歓喜に目を瞠《みは》るべきなのか。

それとも、驚愕《きょうがく》に声を呑むべきか。

あるいは。凶兆と、眉をひそめるべきなのか。

それすらわからないまま、ラファエルはただ絶句したのである。不様すぎる。それを思わないではいられないほどに。

「ミカエルは相変わらず、館に入り浸っているそうだな」

「――らしいな」

まるで他人事《ひとごと》のようなその口ぶりに、ラファエルは苦虫を嚙《か》み潰《つぶ》したような顔をした。

「…〈マホン〉の統轄者が、そんなことでよいのか？」

「今更ではないか。館は〈マホン〉にあって、真実〈マホン〉ではない。光にも闇にも同化できぬシャヘルの存在自体、異質なのだからな」

「厄介事には、あえて首は突っ込みたくないということか？」

「どうした？　やけに絡むではないか。もしかして、ルシファーの向こうを張って、緋色《ひいろ》に輝く額飾りが欲しいとベルゼブルにねだられでもしたか？」

思わず硬直しかけた足を地面から引き剝《は》がし、ラファエルは、悠々たる足取りで先を行くサンダルフォンの背を睨んだ。

口ではさももっともらしい建て前を論じながら、その実、従者《シャヘル》たちの動向は確実に把握しているのだろう。おそらく、知ろうと思えば主人たちの閨《ねや》の癖まで……。しかも、そんなことはあり得ないと承知の上で、たっぷり皮肉を載せてラファエルを煽《あお》り立てているのだった。

（こいつは、本当に質《たち》が悪い）

ラファエルは今更のように深々とため息を漏らした。

ミカエルと対等を張る美丈夫の〈マホン〉の主は、その性格も同様、一筋縄ではいかない相手なのだった。ミカエルは寡黙《かもく》すぎて何を考えているのかわからないが、サンダルフォンは饒舌《じょうぜつ》に軽口を叩《たた》きつつ本心は見せない。

すぐさま気を取り直し、ラファエルは大股でサンダルフォンへと歩み寄った。あらかた人気《ひとけ》が失せてしまった神殿の中、幾分急ぎ足で。

「相も変わらず食えぬ奴だな、おまえは」

それでも、一言毒突くのを忘れない。集いの日だというのに考えることは多々ありすぎて、ラファエルの機嫌はいつになく最悪であった。

「常に手綱を取る必要はないが、轡《くつわ》はしっかり嚙ませておく。それが、統轄者としての当然の務めだろう」

「ならば、あのまま放っておくつもりなのか?」

従者が主人に何かをねだることなど、そんなことは万にひとつもあり得ない。それが規則だから、ではない。墓穴を掘るに等しいからだ。

ましてや、ルシファーがそんなものを欲しがるとも思えない。

にもかかわらず、ルシファーの額には瑠璃《るり》色に輝く宝玉が燦然《さんぜん》たる輝きを放っていた。あたかも、真紅に浮き上がる聖痕を覆い隠すかのように。

ならば。それは、ミカエルがそう命じたのだ。そのことで、ルシファーがますます孤立してしまうのを承知の上で。

「ミカエルは、いったい、何を考えているのだ？」

思わず、吐き捨てる。

すると、サンダルフォンはしごく平然と言いきった。

「美しいものは、それなりに相応《ふさわ》しい物で飾り立てて誇示したい……のではないか？」

「何を、莫迦《ばか》なッ。ルシファーは見せ物ではないわッ」

ラファエルは激昂《げっこう》する。せずにはいられなかった。ミカエルの真意がどうにも読めなくて、苛《いら》ついた。

「そう、かっかするな、ラファエル」

「おまえがくだらないことを言うからだッ」

「くだらなくはなかろう。ルシファーは『神』がお認めになったミカエルのシャヘルだ」

それを持ち出されると、ラファエルの気分は更に悪くなった。

『神』の御心を推測するのは無礼ではなく、不敬である。

だが。

――それでも。

サンダルフォンが言うところの『大それた野望』に対しての『神』の裁量は、どうにも納得がいかなかった。

それこそ、そんなことは万にひとつもあり得ないと承知の上で。巷《ちまた》でひっそりと囁《ささや》かれているように、ミカエルが『神』の弱みのひとつでも握っているのではないかと、つい、勘繰ってみたくもなるのだった。

そのほうが簡単だったからだ。あり得ない事実の裏付けとしては。それには、たぶんにミカエルに対するやっかみが混じっているのも否定できないが。

「ミカエルが己の所有物をどう扱おうと、そのことで我らが出す口はない。たとえ、ミカエルがルシファーの血の最後の一滴まで貪《むさぼ》り喰らおうと、あるいは——喰らわれようと、な」

意味深な物言いに、ラファエルは片眉を跳ね上げた。

「まさか——館の中で、過去にそういうことがあった……とは言うまいな？」

問いかける声音の深さに、それと意識しない険悪さがこもる。

「はっきりとは、わからぬがな」

さらりとかわしたあと、サンダルフォンは口調さえ変えずに更に不吉なことを口走った。

「なにしろ、当事者が二人ともに変死してしまっては調べようもあるまいが」

つと、ラファエルは目を眇めた。

「もしかして……相愛だったというヴァーチューズの、あれか？」

「そうだ。ミカエルがたいそう目をかけていたらしいが……」

そのことなら、ラファエルも覚えている。相愛であった力天使《ヴァーチューズ》同士の情死ということで、かなりの衝撃度であった。

「あれは——情死、ではなかったのか？」

情死というだけでも大問題だったが。

（……違うのか？）

「表向きは、な。主人がシャヘルを切り刻んで喰らうなど、正気の沙汰《さた》ではあるまいが」

ラファエルは思わず目を剝《む》く。

——あり得ないだろ。

そう叫びそうになって、慌てて奥歯で嚙み潰した。

サンダルフォンがそう言うのだから、それが事実なのだろう。先ほどまでの軽口とは違う重みがあった。

「それ以前から、あらぬ事を口走ったり、考えられないような失態をしでかしていたりしていたようなのでな。まぁ、館で休養をさせようとしたミカエルの温情が仇《あだ》になった……というのが真相だ」

「ミカエルが……始末をつけたのか？」

「いや。ミカエルが来る前に、私が止《とど》めを刺した。ミカエルに合わせる顔がないと。まだ、わずかでも正気でいられるうちに殺してくれと懇願されたのでな」

ラファエルは声を吞む。大きく双眸を見開いたまま。

（館で、まさか……そんなことが）

淡々と語るサンダルフォンにとっては過去の出来事なのかもしれないが、ラファエルにはいきなりの衝撃だった。

「霊気の強さが半端ではなかった。身の内から、許容外の力が暴走しているような……。抑えようとして保つ正気が狂気に食い荒らされる。そんな成れの果てであったな、あれは」

そして。微かに目線を落とし、サンダルフォンは静かに告げた。

「あれらは……まぐわっていたのだそうだ」

主人と従者の断ちがたい絆《きずな》を越え、対等に愛し合っていたのだと。

主人が絶対の権利を有する館で彼らを抱くのは己の精気を満たして活力を得るためである。

従者が作り出す精蜜《せいみつ》を当然の権利として摂取するために睦み合うのである。

ゆえに、主人が口に含むのは蜜の滴る花芯《かしん》だけである。口づけを交わすこともなければ、愛の囁きもない。念入りな愛撫《あいぶ》を施すのは、香油をたっぷり塗《ぬ》り込んだ秘孔《ひこう》だけ。

館では、それが正しい在り方なのだ。

従者とは、ただそれだけの存在であるはずだった。

しかし。

まぐわい——とは。唇で、舌で、指で……余すところなく互いを愛撫しながら気を高め、心身ともに互いを満たし合う行為を指す。一歩間違えば姦淫《かんいん》へと堕《お》ちかねない悦楽を、そう呼ぶのだ。

ラファエルは唇の端で噛み殺す。なんとも形容のしがたい身体の震えを。

「我らがなぜ、同格の者をシャヘルに選ぼうとはしないのか……。おまえは、そのことを考えたことがあるか？」

真摯《しんし》な問いかけだった。

「シャヘルと呼ばれるものが屈辱以外の何ものでもないと知っているからだろう」

ラファエルも歯に衣を着せなかった。どう言い繕っても綺麗《きれい》事では済まないからだ。もっとも、そんなふうに思えるようになったのはルシファーのことがあったからだったが。

「それゆえ、ルシファーは禁を犯してまで忘却の流れに沈もうとした。『神』は、それすらもお許しにはなられなかったがな」

真実は口に苦い。

心に——重い。

あの夜、ラファエルとガブリエルはそれを痛感せずにはいられなかった。

「もっとも、いくら綺麗事を並べ立てたところで、俺自身、今更シャヘルなしでは過ごせぬ身の上だ」

ちりちりと喉《のど》を灼《や》く渇きを噛み殺し、半ば自嘲《じちょう》ぎみにラファエルは言い放った。それが真実だからだ。

「裏を返せば。我らは皆、シャヘルに囚《とら》われているのだ。内心ではその存在を蔑《さげす》みながら、その実、あれらが作り出す極上の蜜に呪縛《じゅばく》されているということだ。だから、そういう実状には疎く、御しやすい、従順な者を選ぶ。そうではないか?」

否定はできない。する気にもなれない。

「その意味では、ルシファーはもっとも賢明だったがな」

「あえて、一度たりともシャヘルを持とうとしなかったからか?」

「そうだ。『神』を賛美する以外、何にも、誰にも囚われず、惑わされない。我らがああも見事に惹《ひ》き付けられたのは、純粋無垢《むく》な輝きに魅せられたからだろう」

「ミカエルが……それを穢《けが》した」

憤激の落ちる先は、決まってそこだった。

「……いや。ミカエルは、ただ己のすべてを賭《と》すほどに渇望したにすぎない。ルシファーのすべてが欲しいと」

「それは強欲というのだ」

そう。強欲である。

ルシファーと二人して『天上界の双翼』と呼ばれるだけでは満足できず、ルシファーのすべてを欲するなど……。強欲の極みである。

「おまえは——あの無垢なる輝きを、この手にしたいと思ったことはないか？　邪《よこしま》な想いでも純粋な憧《あこが》れでも、それは構わぬがな」

「ない」

きっぱりと、ラファエルは即答する。

「俺にとってルシファーは無二の友だからな」

サンダルフォンはわずかに目を細めて、薄く笑った。

「おまえは、あるのか？」

「先ほど、私は大それた野望はないと言ったが。ルシファーの片翼と呼ばれる御使えが、なぜミカエル一人ではならないのか。そんな手前勝手な憤りを覚えたことなら、何度もある」

決して本心は見せないサンダルフォンの本音を初めて聞いたような気がした。

「ただ違っていたのは、我らがさももっともらしい理由をこじつけて圧し殺してきたそれを、ミカエルは形振《なりふ》り構わず、それこそ、己自身を賭してまで具現したというだけのことだ」

ラファエルは露骨に眉をひそめた。

「おまえは昔からミカエル贔屓《びいき》だったな、サンダルフォン」

サンダルフォンは意にも介さず、止《とど》めを刺した。

「おまえがルシファーに傾倒していたくらいには、な」

ぐっと言葉に詰まって、ラファエルが黙り込む。

だが。噛み締めた唇をこじ開けるように吐き出された言葉は、この日一番重かった。

「同格の者がまぐわえば、何かしらの歪《ゆが》みが出ると。おまえはそう思っているのか、サンダルフォン」

サンダルフォンはラファエルをちらりと流し見て、ゆうるりと息をついた。

「歪みになるのか、あるいは……更なる霊力を得るのか。それは、わからないがな。だが、どちらにしても、何かが起こりそうな気がする。いずれはな」

そんな不吉な予言はいらない。心底、それを思うラファエルだった。

†† 衝撃 ††

鼓動を焦がす、輝かしき光への渇仰《かつごう》。

緩やかに時は流れても、記憶は途切れない。

光と決別するには、甘く。

闇を伴侶《はんりょ》とするには、あまりにも重く。

永遠《望み》は、更に——遠い。

そうして、外界から切って放された異形の館は、避けられない閉塞《へいそく》を生むのだろう。昏《くら》く淀《よど》んだ血流が、ゆっくりと膿《う》み爛《ただ》れていくように……。

始まりは、些細《ささい》なことの積み重ねであった。おそらくは……。

時が行き過ぎるほどに募る、不安。

満たされない——渇き。

その果てに感情的に声を荒らげても、所詮《しょせん》、傷を舐め合うことしかできない。

誰もが皆同じ痛みを引き摺《ず》っている仲間——なのだと。そんなことは、誰もが身に沁みて知っていることであった。

館に住まう者は、誰もが等しく抑圧され続けてきたのだ。従者《シャヘル》は皆、一律平等という言葉に縛られて。

常ならば、それは噛み締めた唇の端でひっそりと漏れるか、ため息とともに消え失せるか、そのどちらかであったろう。

だが。

今、そこには、ルシファーという異端が存在した。

輝ける天上界を具現する黄金の霊翼は朽ち果てても、その光輪の輝きは衰えないかつての天使長が。仲間であるはずの彼らのためには、眉ひとつ動かしもしない冷たさで。

嫉妬《しっと》も、誹謗も、どれを摑《つか》んで投げつけても、ルシファーの沈黙は崩れない。

にじり寄って、その影を踏むことすら——できない。

逃げ場もなく、すがる腕もなく、ひたすら孤独に耐えるしかない彼らの嘆きはどれほどであったのか。

きっかけは、エイシエトとハロトの情死であった。

その日。

いつもは怠惰《たいだ》なため息が淀んでいる館に、ひとつの衝撃が走った。

「大変ッ。大変だよッ。エイシェトとハロトがアテラの回廊で死んでるってェッ」

息を切らして四層の広間に駆け込んできた者の顔面は、まさに蒼白であった。

ただ死んだのではない。しっかり抱き合っての服毒自殺——つまりは覚悟の心中。あってはならない、従者同士の情死であった。

苛烈《かれつ》な任務ゆえに、もっとも入れ替わりの頻度《ひんど》が高いといわれる力天使《ヴァーチューズ》と能天使《パワーズ》の従者である二人は、互いの身体をしっかりと抱き合うようにして冷たい骸《むくろ》と成り果てていた。最下層の回廊へと続く扉の、ほんのわずかな空間で。ひっそり、人目を憚《はばか》るかのように……。

四層から各層へ、それはあっという間に伝播《でんぱ》した。狂乱にも似たざわめきとともに。

あり得ない衝撃と。

あってはならない震撼と。

許されない——事実。

天の御使えにとって、自死は永劫《えいごう》の罪を意味する。たとえ、いかなる理由があろうともだ。

まして、情死である。

館の住人は震えおののき、真偽の入り混じった噂に翻弄《ほんろう》された。

「ねえ、知ってた？　エイシェト、ネフェリア中毒だったんだって」

「うん。聞いた。それで、近々、処分されることになってたらしい」

「怖いよね。だって、余所事《よそごと》じゃないし」

「そうだよ。僕だって、ご主人様と睦《むつ》み合うときには香油を使ってるもの」

「でも、体質的に合わない奴もいるんだよ」

「エイシェトみたいに？」

怖々とした囁きは止まらなかった。

主人の寵《ちょう》を喪《うしな》った者は、老醜を曝《さら》したくがないために人知れず忘却の河に沈むのである。忘却の流れだけが、唯一、魂を無に還すからである。

にもかかわらず、エイシェトとハロトは、あえて『死者の扉《アシェラー》』へと続く回廊での情死を選んだ。あたかも、すべてを無に還すことを拒むかのように。しかも、服毒による情死という、あってはならない前代未聞の醜聞だけを取り残して。

情死した二人の顔すら知らない最上階でも、噂は持ちきりだった。

「ハロトとエイシェト、しっかり抱き合ったまま冷たくなってたって」

アポルオンが掠《かす》れた声で言った。

『ハロト』『エイシェト』という名前だけが一人歩きをしている感は否めないが、噂の又聞きであっても『情死』という言葉自体が重かった。

「薬を飲んでの自害だったから、死に顔は綺麗だったらしいよ」

アシタロテがひっそりと漏らす。

それも噂である。真偽はわからない。館の混乱は激しく、情報が錯綜《さくそう》しているからである。

そうあって欲しいというささやかな願望かもしれない。情死という大罪を犯しても、せめて死に顔は安らかであってほしいと思うからだ。

「でも、どうして？　自害なんかしたら、魂は永遠に救われないんだよ？　そうでしょ？」

ザカリスの顔は強《こわ》ばりついている。

彼らは知っている。浄化されない魂の落ちる先を。穢れた魂は闇に潜む屍喰獣《グール》の餌《えさ》になるのだ。それを想像するだけで、全身が総毛立つのであった。

「心中ってことは、あの二人、ご主人様の目を盗んで情を交わしてたってことだよね？　ほんとに？　僕……信じられない」

ベルゼブルが怖々と口にすると。

「——僕も」

言葉少なにベリアルが頷《うなず》いた。

情死はただの裏切り行為ではなく、主人への背信であった。突き詰めて言ってしまえば、館の住人である同胞たちに対しても。

何が、二人をそこまで追い詰めたのか。

誰も——気付かなかった。知りもしなかった。それが起きてしまうまで。二人が、そんな深い仲だったとは……。

従者は主人の機微には聡《さと》いが小心だ。ハロトが、ただの同情や憐れみだけで自分のすべてを投げ出すとは思えない。

ならば。やはり。主人の目を盗んで密かに情を交わしていたのだろうか。

我が身であっても、自分の自由にはならない。自分の意志だけでは精蜜の放出も叶《かな》わない従者が……？

「身体を重ねなくても、愛し合うことはできるから。たとえ、それが、寂しさを埋めるためのあやまちだったとしても」

あやまちかどうかすら、アシタロテには知りようもないが。

「だけど、それって、ご主人様の顔に泥を塗るってことじゃない」

「情死……だからね。ご主人様の面目は丸潰れだよ」

一番の問題点はそこに集約しているような気がするアシタロテだった。

「情死、か？」

サンダルフォンの執務室で卓台を囲んだ長いすに背をもたれたまま、ガブリエルが言った。ことさら、淡々と。

「情死だ」

何をどう言い繕っても事実は動かないとばかりに、サンダルフォンが杯を干す。

「『死者の扉』に続く回廊で、か？　前代未聞の醜聞だな」

ラファエルが苦々しく言い放つ。

「それを言うな。頭が痛い」

声音すら変えないサンダルフォンだが、それは本音だろう。

実質、館を仕切っているのはアシタロテのような各層における従者の代表格であるが、当然のことながらなんの決定権もない。

何をするにも申請書が通らなければ何もできないのは、どこの官衙《かんが》でも同じだが。館は更に特殊である。常駐しているのは警邏隊《けいらたい》の一個小隊のみであるが、内部問題には関知しない。

サンダルフォン配下の次官はいるにはいるが、閑職であった。何か問題行動を起こして降格処分になった者の左遷先という認識が強く、日々、己の務めに邁進《まいしん》することもない。館の住人相手にやることといえば決まりきっていたからである。

とりあえず、何事もなく、任期を無事に勤め上げることが最優先の事なかれ主義が定番になっている。そういうやる気のなさゆえに、今回の不祥事の処理も後手に回った。そういうことである。おそらく、当の次官は己の任期中にとんでもない醜聞事件が発覚した責任問題より先に、己の運の悪さを呪《のろ》ったに違いない。

「ヴァーチューズとパワーズのシャヘルだったな」

ナタナエルが確認する。

「どちらの主人も激務だからな。シャヘルの入れ替え周期は早い」

すでに、彼らからの聞き取り調査は終わっている。それを為したのは配下の者だったが、報告はすぐにサンダルフォンの元に上がってきた。緊急事態であるからだ。

「それで、少しでも濃厚な蜜を得るためにネフェリアを与えすぎたか？」

ネフェリアの効率は高いが、それゆえの危険性は無視できない。使用するか、しないか。それは主人の裁量に任されており、これまではなんの問題もなかった。

――表向きには、だが。

「まさか、それを恨んで、主人に当てつけるために情死を選んだとでも？」

「そこまで、賢《さか》しらではなかろう」

死んだ者を思いやったわけではなく、ただの事実確認である。

「だが、どんな理由であれ、主人が面目を失った事実は消えない」

今回のことが対岸の火事などと嘯《うそぶ》いていられる者はいないだろう。

相愛の者同士の変死事件はサンダルフォン自らが出向いて処理した経緯もあって、事件は公にならずに済んで館の平穏は保たれたが。今回はまったく事情が違う。

なにしろ。情死した二人を見つけたのは同層の者であったからだ。箝口令《かんこうれい》を敷く間もなかった。

「今まで、シャヘルは精蜜を生み出すためのただの器だった。それゆえ、蜜月の逢瀬《おうせ》以外、自分のシャヘルがどこで何をしようが我らはなんの関心も払わなかった。その無関心の付けが、今回の情死……というわけだ」

まったく、違勘《いかん》なことだが。

ただの不祥事とは違う。館の在り方に関わる大問題勃発《ぼっぱつ》であった。

「これまでのように野放しにはできない。そういうことか?」

サンダルフォンにしては仰々しく頷いた。

「なにせ。今、館には、二夜とおかずに通い詰めてシャヘルどもの感情を掻《か》きむしっている輩《やから》がいるのでな。この先、何が起こるか……予想もつかん」

その場に居合わせた者たちは、大なり小なり苦々しい顔つきになった。

館には、暗黙の了解がある。それを、ことごとく足蹴《あしげ》にする掟《おきて》破りの顔を思い浮かべるのも業腹なラファエルであった。

しかしながら。あくまで暗黙であって正式な戒律ではないことを遵守《じゅんしゅ》しろとは、声高に詰《なじ》ることもできないという板挟《ばさ》みであった。

ことルシファー絡みでは、今のミカエルにどんな苦言を呈しても無駄だとわかりきっているからだ。忠告も切言も口にするだけ無駄となれば、打つ手もなかった。

「それで――どうする？」

「まずは、情死したシャヘルの屍《しかばね》を曝す」

事もなげに、サンダルフォンは言い切った。

「自死は大罪。館における情死は更に重罪。それを徹底させる」

異を唱える者は、誰一人としていなかった。

⚜⚜⚜⚜

館にあるルシファーの寝所は質素だった。

寝台と衣装棚、食卓と対《つい》になった長いす。ここでは前身の出自は問われない、従者は一律平等。それが基本であるから、寝所の造りはどこも同じである。ルシファーの部屋だけがことさらに質素なのではない。

――ないが。浮城にあった私室は天使長の住居に相応《ふさわ》しく、決して豪奢《ごうしゃ》ではないが備品はどれも目に麗《うるわ》しかった。

その落差を憂いているのはミカエルであって、ルシファーではない。

だから、ミカエルは主人の権限でもってルシファーを飾り立てたがるのかもしれない。額飾り、しかり。金糸銀糸を編み込んだ長衣、しかり。踝《くるぶし》まですっぽり収まる部屋履き、しかり。

ミカエルはルシファーの元に通い詰めている。入り浸っていると言ってもいい。それが、館の住人の感情を掻き毟《むし》る元凶であることなど、まったく頓着《とんちゃく》しない……どころか完全無視であった。

卓上に置かれた細緻な銀杯――これも、ミカエルが持ち込んだ私物である。長いすに深く背をもたれたまま銀杯にたっぷり果実酒《キャスカ》を注いで、ミカエルは一口飲み干すなりルシファーを見やった。

「知っているか？」

――何を？

ルシファーが視線で問い返すと。

「アテラの回廊で情死したシャヘルの屍を中庭に曝すそうだ」

小さく、ルシファーは目を瞠った。

用向きがない限り自室に引きこもったままのルシファーの耳にも、従者同士の情死の噂は耳に入ってくる。痛ましいことには違いないが、それ以上に、こんな形で面目を失ってしまった彼らの主人の心情を思うとやりきれなかった。

己の従者歴が浅すぎて二人の心情を汲《く》み取るには時間が足りないというより、組織の中で私的な醜聞という形で体面を損なうことがどういう結果をもたらすのかを、つい考えてしまうのだった。

そして、自嘲した。ただの従者にすぎない己がそんなことを思うことこそ、滑稽《こっけい》の極みではないかと。

「聖痕を抉《えぐ》り取り、両の足首をひとつに括《くく》って逆さ吊りにするらしい」

「サンダルフォンがそう言ったのか?」

「そうだ。大罪を犯した者は、永劫、罰せられる。サンダルフォンも、なかなか過激な演出をするものだ」

片頬《ほお》でうっそりと嗤《わら》い、ミカエルは残りの酒を一気に飲み干した。

「ただの自死ではなく、手に手を取り合っての情死だからな。罪は二重に重い。ルシファー、おまえはどう思う?」

「〈マホン〉の統轄者として、為すべきことを為すのがサンダルフォンの責務だろう。たとえそれが、シャヘルの心情を掻き毟るだけの見せしめだったとしてもな」

館に残された者が二度と同じ愚行を繰り返さないように。それ以外、情死した二人を逆さ吊りにする意味はない。

そう言いきってしまえるほどには、サンダルフォンの思考が読めてしまうルシファーであった。

統轄者たる者は、時として非情に徹しなければならない場合がある。大局を見据えての決断である。温情は必要だが、目先の感傷に絆《ほだ》されているだけでは組織は組織として機能しなくなるからだ。

統轄者には、信義を貫き大義を全うするための責任がある。そこには私情を挟む余地はないのである。

ハロトとエイシェトがどんな理由で『情死』を選んだのか、それはわからない。何がそこまで二人を駆り立てたのか、誰も知らない。

だが。二人の死を悼《いた》む気持ちはあっても、安易に同情はできない。二人の死に様が周囲に与える影響があまりにも大きすぎるからだ。

自死を選び、死に損なって、ルシファーは今ここにいる。

選択と。

決断と。

——結果。

己の意志を無視して生かされているのは理不尽ではなく不条理であった。

しかし。ここに来なければ、従者の実情を知ることもなかった。綺麗事を並べ立てて、賢しらに正義を口にすることはただの欺瞞《ぎまん》なのだと気付きもしなかった。サンダルフォンが非情な決断をする裏事情に思いを巡らせることもなかっただろう。

立ち場が違えば物の見方も変わる。変わらざるを得ない。

その言葉が孕《はら》む真意を、理屈ではなく実感できた。だからといって、それで何が変わるわけでもなかったが。

奔流

エイシェトとハロトの情死がもたらした衝撃は甚大《じんだい》であった。

噂は憶測を呼び、誰かの口を渡って流れるたびに不吉な陰を落とした。

それは同時に主人たちの後頭部をも痛打し、疑心暗鬼に陥らせた。

『我がシャヘルは大丈夫か？』

『不穏な兆候はないか？』

ハロトとエイシェトの主人が面目を失い、満座の晒《さら》し者になったことを笑える者など一人もいなかった。

自分の従者《シャヘル》が館でどんな毎日を過ごしているのか。自信を持って語れる者は、ただの一人としていなかったからである。

当然、主人たちの締め付けが始まった。

痛くもない腹を探られて憤りを覚えた者たちは、数多《あまた》いる。

それでも。彼らは、エイシェトとハロトを悪《あ》し様《ざま》に罵《ののし》ることなどできなかった。

彼らは反芻《はんすう》する。二人の無惨《むざん》な死に様を。その上で、奥歯が軋《きし》るほどに歯噛みする。情死以外、なんの術《すべ》もなかったのだろうかと。

エイシェトの運命が明日の我が身ではないと明言できる者がいるとすれば、それは一人だけだ。だからこそ、孤高の沈黙を守るルシファーだけが異端なのだった。

二人の亡骸《なきがら》は埋葬されなかった。そのまま館の中庭に曝されるのだと聞かされたとき、彼らは悲鳴じみた声を呑んで立ち竦《すく》んだ。

あまりに、ひどい……と泣き崩れた者もいる。

蒼白な唇を、ただ噛み締める者。

震える腕で、我が身をかき抱く者。

声にはならない慟哭《どうこく》が、館を揺るがせる。どこにもぶつけようのない悲しみと、わけのわからない苛立《いらだ》ちが交錯して狂乱せずにはいられなかった。

カンッ。

カンッ。

カンッ。

館の中庭に杭《くい》を打つ乾いた音が響き渡る。

エイシェトとハロトの遺体を曝すための杭打ちである。館の中からその光景を見ている者たちの顔は青ざめ、引き攣《つ》り歪んでいた。

そうして。二人の屍は、情け容赦なく吊るされたのである。

漆黒の闇にうっすらと浮かぶ陽炎《かげろう》の雫《しずく》のように。聖痕を抉り取られ、一糸まとわぬ身を。両の足首をひとつに括られたまま――逆さ吊りに。

大罪を犯した者は、永劫、罰せられるのだと。

その魂は、永遠に浄化されることはないのだと。

彼らにとって、それはもはや、食も通らないほどの耐え難い苦痛でしかなかった。

見なければ済む――というようなことではない。エイシェトとハロトの死は瞼《まぶた》に焼きついただけではなく、頭の芯を突き刺すような恐怖になった。

ふつふつと肌を這《は》う、悪寒。きりきりと軋る、鼓動。寝ても覚めても、死の残像に侵食され続けた。

けれども。我が主人にそれを伝える術を、彼らは知らなかった。

その哀願の矛先は、同胞であっても仲間とは呼べない唯一の異端めがけてほとばしった。他人を寄せ付けない沈黙の壁に爪《つめ》を立てて掻き毟らずにはいられない切迫感で。

ルシファーが自室を出て広間に降りてくることは滅多になかった。だが、ミカエルのために飲み物と果実の補充だけは人任せにできないこともあり、それがいつ何時なのかはわからなくても、出てくる日は確実にあった。

彼らは、五夜ぶりに自室を出て広間へとやって来たルシファーを一斉に取り囲んだ。

(なんだ?)

ルシファーは眉をわずかにひそめた。

彼らはいつも遠巻きに凝視するだけで、ひっそりと何かを囁くだけで、決して近寄っては来なかった。

なのに、今日は違う。

顔つきすらもが……違う。

(いったい、何事だ?)

ルシファーがそれを思ったとき。

「やめさせてくださいッ」

緊張感からか、うっすらと上気した顔でベリアルが口火を切った。

「お願いですッ」

たたみ掛けるように口を合わせたベルゼブルは、ルシファーの冴《さ》えた一瞥《いちべつ》を浴びてこくりと息を呑んだ。

「——何をだ?」

しっとりとした艶声《つやごえ》がルシファーの口からこぼれ落ちた、瞬間。ザワついていた広間は水を打ったように静まり返った。

ルシファーがこの館に降《くだ》って、初めて耳にする言葉だった。誰もが聴きたいと渇望していた声は、清漣《せいれん》のごとく広間に響き渡った。

しわぶきひとつ落ちず、誰もが双眸を見開いたままルシファーの一挙一動を凝視している。

「中庭に吊るされている、ハロトとエイシェトです」

ひとつ大きく息を呑んで、アポルオンが言った。

「お願いです。あれを止《や》めさせてください」

しかし。ルシファーは哀願するベリアルの眼差しごと静かに斬って捨てた。

「それは筋違いというものだ。わたしは、おまえたちと同じただのシャヘルにすぎないのだから」

束の間、彼らは凍り付いた。それは、日頃、彼らが嫉妬まじりに繰り返し漏らしてきた言葉であったからだ。

——元は天使長様でも、今は僕らと同じシャヘルなのに……。

——なのに、どうして?

——おかしいよ。あの方だけ特別なんて。

——こんなの、不公平じゃない。

妬《ねた》みで口も軽くなった。誰もが一度は、口にした言葉であった。

「……です、が……」

思わず口ごもるベリアルの口を、ルシファーは眉ひとつ動かさずに封じた。

「情死にかける情けはない。掟とは、そういうものだ。まして、あれらは魂の浄化すら拒んだ咎人《とがにん》だ」

凛冽《りんれつ》たる口調は、わずかも揺らがない。

いつの間にか色を変えた黒瞳の冷たさは闇の深淵《しんえん》を思わせ、それだけで彼らを打ちのめす。骨の髄《ずい》まで、寒々と。

それでも。

「でも……だからといって死者に鞭《むち》打つなど、あまりといえばあまりに酷な仕打ちではありませんかッ」

アシタロテがなおも食い下がる。

(アシタロテ……だったな)

折れた翼が朽ちたあとに、自室で引き合わされた。

『これは、アシタロテだ。この階を仕切っている切れ者だ』

ミカエルに告げられて、初めて知った。各層には、そうした世話人がいるのだと。

ちらりと流し見た肩口に刻まれた聖痕は、ガブリエルのものだった。

(彼が……ガブリエルの)

名前は知らなくても、その存在は聞き及んでいた。ガブリエルが唯一執着する者として。

しかし。アシタロテは見るからに困惑していた。ルシファーをどう扱うべきか、それを決めかねて。

『これが、私のシャヘルだ。右も左もわからぬ新参者なのでな。よろしく頼む』

獰猛《どうもう》な笑みを片頬に張り付かせたミカエルが、それを口にすると。アシタロテの顔色は、わずかに白くなった。

それっきり、ルシファーはあらぬ方ばかりを見ていた。何もかもが、どうでもいいように思えて。アシタロテが何を言ったのかも、覚えていない。

そのアシタロテが、真っ向からルシファーを見据えていた。

「魂の抜けた肉体は土に還るべきただの器にすぎない。あれは――死者を鞭打っているのではない。残された我らを打ち据えているのだ」

彼らはどよめき。そして、絶句した。死者に名を借りた哀願を、正しく看破されて。

「見たくもないものを正視させる。それを、見せしめというのだ」

「では……ぼくらの…ために、あのふたりは……ああやって、曝され続ける……のですか?」

問いかけるベリアルの唇は、それと知れるほどに蒼ざめている。

髪が抜け、目の玉が腐り落ち、腐虫が屍肉《しにく》を喰らい尽くして骨になるまで、許されはしないのかと……。

ルシファーは沈黙する。ベリアルの問いかけを肯定するかのように。

そうして、彼らは戦慄《せんりつ》する。肉体の死が、いかに惨《むご》いものであるのかをまざまざと見せつけられる気がして。

「あなたが……天使長であられたあなたが、それを、おっしゃるのですか？」

どれほど渇望しても得られない、抑制された血の滾《たぎ》り……。感情的に喚《わめ》き散らしたくなるのを無理やり嚙み殺して、アシタロテはルシファーの黒瞳を見据えた。

「あなたが……あなたさえもっと僕たちを受け入れてくださったら、エイシェトもハロトも、あんな死に様を曝さずに済んだ。そうは思われませんか？」

瞬間、ひりついた沈黙がその場を刺し貫いた。

言ってはならない。思うことさえ不遜《ふそん》。そんな禁忌《きんき》の口をこじ開けるようなアシタロテの言い様に、ベリアルが、ベルゼブルが、思わず顔を引き攣らせてその腕を摑む。だが、一度言葉に乗せてしまった激情は、もはや止まる術を知らなかった。

「あなたがその口で、僕たちと同じシャヘルだとおっしゃるなら、なぜ、もっと打ち解けてはくださらないのですかッ。天使長であられたあなたが、どのような理由でここへ降られたのか……。そんなことは、僕らにはどうでもいいことです。僕たちは、ただ……あなたと語り合うことで癒《い》やされたい。それを求めることが、それほどいけないことなのですかッ」

「それほど……癒やされたいか。アシタロテ」

瞬間、アシタロテは双眸を瞠る。ルシファーの口から我が名が漏れた、その驚愕に。

ルシファーに面会できたのは、ただの一度きり。それも、ルシファーは寝台に伏せったままで、アシタロテとまともに視線を合わせようともしなかった。

ミカエルには『よろしく』と頼まれたが、その目は剣呑《けんのん》すぎた。なにより。天上界の双翼を眼前にして、その威圧感で押し潰されそうだった。ぎくしゃくとした足取りで部屋から退出したときには、半ば無意識に大きなため息が漏れた。

それっきり、ルシファーと顔を合わせるようなことはなかった。だから、まさか、ルシファーに名指しされるなどとは思いもしなかった。

「ガブリエルにではなく、ただ天使長であったという肩書きだけで、おまえは――おまえたちは、それをわたしに望むのか？」

問い質《ただ》すのではなく。詰るのでもなく。深みのある静かな声でそう問われ、なぜか、アシタロテは胸が疼《うず》くのを感じた。

「よく見るがいい、この髪を。この瞳《め》を……。おまえたちとどこが違う？

従者《シャヘル》の血の呪縛。

ルシファーの金髪も透き通った碧眼《へきがん》も、今は黒髪黒瞳へと様変わりをしてしまった。背の双翼すらもが朽ちた。他の者たちと同様に。

「ここにあるのは『天使長』という名の抜け殻だけだ。真に心のこもらぬ言葉など、所詮まやかしにすぎぬ。それでも、癒やされたいか？　このわたしに？」

先ほどまでとは色合いの違う沈黙が、ずしりと重い。

ルシファーの一言一言が、淀んでしまったその場の大気を切り裂いていくようだった。

「それでもッ。——それでも、あなたは、ここにいる誰よりも目映く輝いているではありませんか。僕たちと同じように髪も目もシャヘルの色に染まっても、あなたの光輪は決してシャヘルの血に穢されないッ」

だから、ルシファーだけがいつまでも異質なのだ。

「ミカエル様は、あなたと睦み合うためだけに二夜とおかずに通ってこられるではありませんかッ。身も心も愛されるシャヘルなど、あなた以外、誰一人としていません」

刹那。ルシファーの眼差しがわずかに翳《かげ》った。

（身も心も愛されるシャヘル……か。だが、おまえは、その情愛で雁字搦《がんじがら》めになる苦痛を知るまい？）

アシタロテはそれすら気付かないように、なおも言い募った。

「あなたがいらっしゃるまで、僕たちは疑いもしませんでした。シャヘルとは、ただの器にすぎないのだと。僕たちは器だから、何も求めることは許されない」

いつの間にか見知った顔が消え、新しい顔が増え……。時間はそういうふうに流れていくのだと、ずっと、そう思っていた。

「それならそれで、よかったのです。誰もが皆、そうであれば耐えられる。そうではありませんか？　でも――あなたは違う。あなただけが違うのです、ルシファー様。僕たちは、それを知ってしまった。なのに、あなたの目は誰も見ない。見ようともしないッ」

アシタロテの糾弾《きゆうだん》は止まらない。

（目をやれば、見たくないものが見えてしまう。見えてしまえば心が揺らぐ。心が揺らげば、口を開かずにはいられなくなる）

だが、口を開けば偽りの言葉がこぼれ落ちる。『神』にすら見捨てられ、あまつさえ忘却の河に身を投じた自分に、いったい何を語れというのか。絶望した挙げ句に理不尽に生かされているルシファーこそ、それを教えて欲しかった。

「だったら、僕たちはどうすればいいのですか？　教えてください、ルシファー様。僕は……僕も……ガブリエル様に……愛されたいです。ただの器としてではなく、あなたのように……愛され、たいです」

小刻みに震えの走る唇をきつく噛み締め、アシタロテは項垂《うなだ》れる。ぎこちなく、深々と。

（あのガブリエルが唯一執着するものですら、シャヘルの血の呪縛は深い。……そういうことなのか？）

館の中では最古参といわれる従者。そんなにも長きにわたる従者は、アシタロテただ一人だけである。それは、つまり充分愛されていることではないかとルシファーは思う。

情愛の形は、人それぞれだ。『愛』を語らなくても、愛されていないわけではない。真に必要とされているか、否か。それが一番重要なのである。

自分のことはわからなくても、他人のことはよく見える。とどのつまりは、そういうことなのかもしれない。

「……ならば」

そう言い出しかけて、束の間、ルシファーは微かに目を伏せた。

「ならば、ただ媚《こ》びるのではなく、おまえが先に愛せばよかろう。癒やされたい、愛されたい……。おまえたちが望むのは、ただそれだけなのか？　おまえたちの主人は、休息を求めてこの館を訪れるのではないのか？　ならば、あれこれ望む前に為すべきことがあるはずだ」

アシタロテは、思わず息を呑んだ。

「酒を飲んで侘《わび》しさを紛らわせることが自堕落なことだとは言わぬ。だが、為すべきこともせずにただ求めるだけでは何も叶わぬものだと、おまえたちは知るべきだ。その上で、己が真に何を望んでいるのか……よく考えることだ。道を違《たが》えたが、エイシェトとハロトは身をもってそれを示してくれたのではないか？」

その言葉に後頭部を痛打されたように、ベリアルが、ベルゼブルが、はっと顔を上げた。

何かを求めるということは、同時に、何かを捨てることでもある。己の変革なしに、渇望はあり得ない。それを踏まえた上で、言外にルシファーは自覚を促しているのだ。

「ルシファー……様」

アシタロテは感極まったかのように唇を震わせたまま跪《ひざまず》き、ルシファーの長衣の裾《すそ》に口づけた。

「アシタロテ、止めぬか。おまえが跪いて口づけることを許されているのは、ガブリエルの長衣だけだ」

しかし。ルシファーの制止の声も聞こえないかのように、アシタロテはくぐもった涙声でひたすら三聖頌《トリスアギオン》を唱えながら、何度もルシファーの長衣の裾に口づけるのだった。

すると。他の者たちも一斉に跪いて、我先にとルシファーの長衣の裾を押し戴くように口づけた。

ルシファーは愕然と目を瞠り。

「おまえたち……。止めぬかッ。わたしはおまえたちと同じシャヘルだと言ったはずだ。立てッ。立って、すぐさま自分の寝所に戻れッ」

声を限りに叫んだ。だが、誰一人として立ち上がるものはなかった。低く、静かに三聖頌の斉唱が響き渡るだけだった。

「さすが……と言うべきなのだろうな」

最上階の広間へと続く回廊の陰で、ラファエルがひっそりと漏らす。微かに眉間を曇らせたまま。

情死した従者の屍を曝す——と、顔色ひとつ変えずにサンダルフォンが告げたとき。いずれ、何かが起こるだろうという予感はあった。

だが。まさか、こういう形で彼らの鬱憤《うっぷん》が爆発しようとは思わなかった。

しかも。集いの日に、すべての主人が館を出払ったあとを狙い澄ましたかのように、一糸の乱れもなく。

「見た目の従順さも、存外、根は深い……ということか。まさか、あれが、あれほどの激情家だったとはな」

ため息まじりの口調に、ある種の感慨がこもる。ガブリエルは腕を組んだまま、ゆっくりと回廊の壁にもたれた。

「間がよいのか、悪いのか……。おまえと連れ立っているときに限って、どうして、こう途方もないことに出くわすのだ、サンダルフォン。まさか、おまえ、初めから何もかも承知の上で声をかけてきたのではあるまいな？」

ラファエルがじろりと睨む。

「そう思い通りに事が運べば、なんの苦労もない」

視線だけでラファエルを軽くいなし、サンダルフォンは返す目でルシファーを見やった。

「あれらを誰一人として暴走させることなく、見事に場を収めた。このまま、ただ無為に遊ばせておくだけではもったいないとは思わないか？」

「ミカエルの不興を買うとわかっていて、あえて、それを言うか、サンダルフォン」

「この〈マホン〉では、ミカエルはなんのしがらみもないただの訪問者にすぎないが。私には館の平穏を維持していかねばならない責務がある」

「だからといって、それをルシファーに肩代わりさせるなど……。俺は、反対だ」

正しくサンダルフォンの意図を汲み取って、ラファエルは口にした。

「ルシファーにしかできないこともある。違うか？」

それを職務怠慢というのではないかと、ラファエルはしばし黙り込んだ。

「ルシファーの存在そのものが、よくも悪くもシャヘルたちを……この館の在り方を根こそぎ変えていくのかもしれぬな」

ガブリエルは思う。どうやったところで、自分たちにあんな真似《まね》はできない。自分たちが何かを口にすれば、それは主人としての命令にしかならないからである。

教え諭《さと》すことの真義とは、上から目線で押しつけるものではない。

口でそれを言うのは簡単だが、主人としてそれを実践するには高圧すぎてどうにも嘘臭くなってしまうに違いない。

「しかし。それは、ルシファーの本意ではなかろう」

ラファエルの口は重い。

「本意であろうがなかろうが、すでに風は吹いてしまった。変わるぞ、あれらは……。おそらく、我らが思っている以上にな」

サンダルフォンがそれを口にすると、ガブリエルとラファエルはまるで示し合わせたように深々とため息をついた。

契り

満ちていく時の速さにただ目を奪われて、胸が軋《きし》む夜。

ルシファーはミカエルの従者《シャヘル》として幾度となく蜜月《みつげつ》を重ねながら、日に日に変貌《へんぼう》していく自分を正視せずにはいられなかった。

すべての従者がそうであるように、ルシファーもまた体質の変化を余儀なくされたからである。

宝珠《シャルマリ》をきつく刺激されることで分泌される聖液は、目と髪の色素を染め変えてしまう。

至高と称えられたルシファーの澄んだ蒼瞳も光り輝く金髪も、今は凍てついた漆黒の闇を思わせた。ただ光輪の輝きだけが、かつての名残《なごり》を留めているにすぎなかった。

『光』にも『闇』にも染まらない喘《あえ》ぎの館。

それを取り巻く陽炎《かげろう》は、双手に透ける儚《はかな》い幻のようであった。望みは更に脆《もろ》く、逃げ水のように目の前から消え失せていく。

ルシファーが沈黙を破らなかったのは、彼らの妬《ねた》みの視線が疎ましかったからではない。ましてや、天使長であったという自負が一線を画しているからでもなかった。

彼らの双眸《そうぼう》の奥に潜む、すがりつくような心の揺らぎを見るのが辛《つら》いからだ。

彼らが自分に求める天使長としての誇りも、責務も、恩寵《おんちょう》も、とうに砕けて欠片《かけら》も残っていない。

心のこもらない愛の言葉を口先だけで弄《もてあそ》んで、いったい、何になるだろう。偽りの言葉を口にするくらいなら、高慢だと誹《そし》られるほうがはるかにましだった。

いや——それ以上に、彼らと関わりを持つことをミカエルが嫌ったからである。

はっきりと口に出してミカエルがそれを告げたことは、一度もない。

だが。語らぬ口の裏で、ミカエルが何を思い、どこを見ているのか……ルシファーにはわかるのだ。

数えきれないほどの夜を契り、蜜月の逢瀬《おうせ》を迎え、しっとりとミカエルに馴染《なじ》んでいく肌の熱さがそれを教えてくれる。

何も見るな。

何も聞くな。

『おまえは、私だけのものだ』

誰も見るな。

何も語るな。

気を——散らすな。

『おまえは、私だけを見ていればいい』

しかし。

——今。

館の中で何かが少しずつ、だが、確実に変わりつつあった。

それが吉兆を呼ぶのか、災厄となるのか……ルシファーにもわからない。

すでに、波はさざめいているのだ。動き出したうねりを止めることは、もはや、誰にもできないだろう。

渇望するということは、一歩を踏み出すことである。

その自覚を促した分だけ、これまでのような傍観者ではいられなくなると、ルシファーは今更のように自戒するのだった。


「何を考えている？」

褥《しとね》の中でゆったりとルシファーを抱き込んだまま、不意にミカエルが言った。しどけなく着崩れた胸に手を這《は》わせながら。

「――何も……」

「知っているか？　近頃、館もなにやら騒がしくなった。シャヘルどもの顔つきが変わってきたと、もっぱらの噂《うわさ》だ」

「――」

「それも、この最上階からな」

ミカエルの愛撫《あいぶ》に慣らされた分だけ、ルシファーの吐息が上がるのも早い。

尖《とが》りきった乳首を摘み、弾き、ミカエルは低く囁《ささや》いた。

「何を……した？」

ルシファーはただ、微《かす》かな喘《あえ》ぎを漏《も》らしただけだった。

羞恥《しゅうち》も、嘘もない――血の滾《たぎ》り。

幾度となく嚙《か》んで吸っても、ルシファーの乳首は淡いままだった。しかし、蜜月になるとラーナの実のごとく、真っ赤に熟《う》れるのだ。白い裸形を淫《みだ》らに彩る花のように。摘んで、こねて、存分に散らしてやりたくなるほどに。

わずかに指を押し上げるように硬く痼《しこ》ったそれを更に揉《も》みしだいて、ミカエルは薄く唇の端を捲《めく》り上げた。

「まぁ……いい。時の流れも淀《よど》めば腐る。たまには、風が吹いてもよかろう」

そのまま股間《こかん》に深々と手を差し込んで、宝珠を強く握りしめた。

「ただし、一度だけだ。二度目はない。いいな、ルシファー」

微かに、ルシファーが頷《うなず》く。

それでも、ミカエルは嬲《なぶ》る手を止めなかった。

「どうした？　これを弄《いじ》られるのは……嫌か？　ルシファー、おまえは私のシャヘルなのだろう？　少しは、それらしく媚《こ》びてみせたらどうだ？」

「──ならば、そう、命じれば……よかろう。わたしは、おまえの……シャヘル、だ」

掠《かす》れた声で、ルシファーが応える。

従者《シャヘル》に否はない。その現実を踏まえての揶揄《やゆ》ともとれる言いぐさに、ミカエルは喉《のど》で笑いを噛《か》み殺した。

「愛撫の手は拒まないが、自分から求めはしない……というところか。堕天させられたとはいえ、天使長殿は相変わらずご高潔でいらっしゃる」

あからさまな皮肉にも、ルシファーは動じない。

「まぁ、おまえにそういう顔をさせているのがほかならぬ私自身だと思えば、それもまた一興……かもしれぬがな」

ミカエルの言う『顔』がどういうものなのか、ルシファーにはわからない。

――知りたくない。

たぶん、きっと。淫らで浅ましい顔をしているに違いないからだ。

「しかし、なぜだろうな。そんなおまえを抱いていると、ときおり、無性に癇《かん》に障るのだ。おまえが悲鳴を上げて許しを請うまで、ここを、こうして……」

耳朶《みみたぶ》を舐《な》め上げんばかりに唇を寄せて、ミカエルが囁く。宝珠に絡ませた指をゆっくりと捻《ひね》りながら……。

「あ…う、うぅぅッ……」

ルシファーが漏らす苦痛の呻《うめ》きに、うっとりと聞き入るかのように……。

「こうして、手荒に責め立ててやりたくなるのだ。私から……逃れられると思うなよ？　ルシファー。私の目の届かぬところで勝手な真似《まね》はするな。おまえは、私の半身だ。おまえ一人で見る夢など、ない。たとえ、この身が奈落《ゲヘナ》の最下《いやした》へ墜ちようと、おまえだけは……放さぬ」

それを思い知らせるようにミカエルは黒髪を指に搦《から》めて首筋を摑《つか》み、仰《の》け反《ぞ》って耐えることを許さなかった。

それでも。

耳の奥が痺《しび》れ、身体の芯《しん》が鋭痛に疼《うず》いても、ルシファーは許しを請わなかった。それが、自分自身の存在を許る最低限の自負だ……と言わんばかりに四肢を強《こわ》ばらせるルシファーであった。

（相変わらず強情だな、ルシファー。だが、いつまでそうやって耐えていられる？　身体が潤っていないときの宝珠《シャルマリ》を思うさま嬲って欲しいのか？）

「ヒッ…あううぅッ」

ルシファーはひくりと四肢を痙攣《けいれん》させた。

とっさに摑んだミカエルの腕に爪を立て、声にならない嗚咽《おえつ》を噛む。

ふたつの宝珠は、従者にとっては命腺である。だからこそ、主人はたっぷり蜜の詰まったそれを愛撫することはあっても、それを逆手にとっていたぶることなど、まずない。

だが。ミカエルは容赦なかった。意地も過ぎれば見苦しい――とでも言いたげに。

凄絶《せいぜつ》な笑みを刷《は》いて、ミカエルがゆったりと唇を重ねる。

（ルシファー。『神』はおまえを溺愛《できあい》するあまり憎悪の心を持たせなかった……というのは、どうやら嘘ではないらしいな。おまえが私を憎めない限り、私はいくらでも強気になれる）

ふっ…と手を緩めると、ルシファーはミカエルの口から吐息を貪《むさぼ》るように激しく喉を喘がせた。

（堕《お》ちる先は同じなのだ、ルシファー。いや……片翼が折れて生きてゆけないのは、むしろ私のほうかもしれない）

その想いを噛み締めながら小刻みに震えるルシファーの足を掬《すく》い上げたミカエルは、顔を埋め、足の付け根をゆったり舐め上げた。

一番柔らかなところだけを選んで、丹念に口づける。唇を這わせ、舌を搦《から》めて吸い上げる。所有の印を付けるために。

そして。ルシファーの四肢がぎこちなく撓《たわ》むのを確かめて、宝珠を口に含んだ。舌で転がすように刺激しながら、ときおり、甘く噛んで強く吸う。ルシファーは、そういうふうにされるのが一番好きなのだと知っていた。

ルシファーは、快感を拒まなかった。いや——屈辱が膿《う》むよりも先に、身体が悦楽に慣らされたというべきであろうか。

血の滾りがもたらす、たとえようもなく甘美な——喜悦。

淫猥《いんわい》で、とろけるような——快感。

じくじくと疼きしぶる——愉悦。

それから逃れる術《すべ》がないと知ったとき、ルシファーはぎこちなくではあるが、ミカエルの囁くままに身体を開くようになった。

そうしなければいられないほど、ミカエルの愛撫は容赦なかった。

睦《むつ》み合いではなく、身も心もまぐわう。それが、ミカエルの望みだからだ。

ミカエルは想いのすべてを込めて、抱きしめる。ルシファーが声を上げ、仰け反り、果てるまで。

ルシファーの身体は、すでにミカエルを求めてやまない。ただ、その手の中にルシファーの愛《こころ》だけが——摑めなかった。

ルシファーは荒く息をつきながら、ゆうるりと痺れの渦が巻くのを意識した。

（あぁ……また、堕ちて……いく……）

それが従者の本能なのか、それとも、そういうふうに慣らされただけなのか。ルシファーにはわからない。わかっているのは、もう、ミカエルなしではいられない……ということだけだ。

理屈、ではない。

言い訳……でもない。

蜜月が近くなればなるほど、身体がミカエルを欲して震えた。

嘘ではない。阿《おもね》るわけではない。ただ……ミカエルが欲しくてたまらなくなる。

ミカエルの指が肌に触れただけで、血が滾るのだ。

愛撫欲しさに、身悶《みもだ》えする身の浅ましさ……。どれほどきつく唇を噛み締めても、衝《つ》き上げる昂《たか》ぶりは消せない。

たっぷりと蜜の詰まった宝珠を弄られると、快感で喉が灼《や》けた。花芯の蜜口は、指で擦《こす》られるよりも尖らせた舌で弄られるのがいい。

秘孔《ひこう》の粘膜に埋もれた陰核《タリア》を指でまさぐられると、頭の芯まで熱く疼くのだった。

もっと。

もっと――強く弄って欲しいと、淫らに腰が浮く。最後の蜜の一滴まで吸って欲しくて――喘ぐ。

それは、背骨が、腰が、熱くとろけてしまうほどの悦楽だった。

拒否しない。

否定できない――快楽だった。

魂《こころ》は、時とともに移ろいゆくのか。老いていくのか……。

その答えを見いだせないまま、ルシファーは身も心も浮き上がるような甘い疼痛《とうつう》を感じて、白い喉を震わせた。

求められるまま、身体を重ね。

血の疼きに煽《あお》られて、快楽に酔いしれ……。

静かに――深く。

激しく……。

鼓動の昂ぶりとともに、ミカエルの霊気《いき》が流れ込んでくる。

その、えも言われぬ痺れの甘さに目眩《めまい》すら覚えて、ルシファーは自ら誘うようにミカエルを迎え入れた。

張りのあるしなやかな裸形が互いを搦め捕り、喘ぎの音を奏で始める。

低く――高く。真紅と黄金色の光輪が混じり、ひとつに解け合うように。

そのとき。

微かな冷気が、絡み合うふたりを取り巻いた。

ひりひりと肌を刺す蒼白い炎の気配に、ルシファーもミカエルも『神』の視線を感じた。

それは、ミカエルの背をゆるゆると焦がしながらルシファーの肌を舐めるように走った。

――瞬間。

深々とミカエルを呑《の》み込んだまま、ルシファーの肢体がびくりと硬直した。

ミカエルとひとつに繋《つな》がったそこにすら『神』の視線を感じ、ルシファーは蒼ざめた唇の震えを嚙み殺すのが精一杯であった。

そんなルシファーを強く抱き込んで、ミカエルは平然と腰を揺すった。見せつけるかのように。きつく……。

(今更、何を隠すことがある？　見せつけてやればいい。おまえが、私の愛撫でしどけなくとろけていく様を)

睦み合う――のではない。愛するルシファーとひとつにまぐわうのだ。姦淫《かんいん》ではなく、正当な情交である。それはもはや禁忌《きんき》などではなかった。

その行為を憚《はばか》ることなど、何もない。ルシファーは己の半身なのだ。『神』は、それを認めた。

尖りきった乳首を舌で舐め上げ、甘噛みしつつ、花芯を嬲る。

「ひっ……あぁぁ〜〜〜」

ルシファーが堪えきれずに悦楽の声を上げる。

高く——細く。

淫らに、甘く……。

ほっそりとした喉を剝《む》き出しにして、続けざまに仰け反る。

爪先は、小刻みに痙攣しはじめていた。びっちりと屹立《きつりつ》を銜《くわ》え込んだそこが、熱い。ミカエルが腰をくねらせ、衝き上げ、最奥へと捻《ねじ》り込む。

そのたびに冷気は揺らめき、天幕を揺すってふたりを射た。

抑えようとして抑えきれない『神』の嫉妬《しっと》の波動が、ミカエルには見えるようだった。


その日。

巨大な雲《シエハキム》を切り裂くように、第三天〈サグン〉に雷鳴が轟《とどろ》いた。

北端の永久凍土に深々と一条の亀裂が入る。それは、一瞬、南端にそびえ立つ『生命の樹』の枝をも揺るがすほどの鳴動であった。

第二天〈ラキア〉。

そのとき、ラファエルは。ぴりぴりと痺れるほどの大気の歪《ゆが》みを感じて、思わず火焔車《オファニム》を駆る手を止めた。

第一天〈シャマイム〉。

その瞬間、ガブリエルは。地を這う激震に大きく足下を掬《すく》われ、眉をひそめて天空を仰ぎ見た。何か、不吉な予感に胸を刺されたような気がして。

予兆

その日。ミカエルを送り出してひと眠りしたあと、気が付くと、卓台に紫色の羽根が落ちていた。ルシファーが凝視すると、羽根はふわりと浮き上がり、まるでルシファーを誘うように宙を舞った。

(なんの趣向だ?)

誘われるままに部屋を出る。

羽根は、明確な意志を持ってルシファーを導いていく。そして広間に出ると、更に奥へと進んだ。そこは、従者《シャヘル》たちが『不開《あかず》の扉』と呼んで不用意に立ち入らない場所だった。

ルシファーはそんなものがあることさえ知らなかったが、彼らのように無駄に怯《おび》えることもなかった。

扉の前に立つと、それはすぐに開かれた。まるで、ルシファーを待ち構えていたように。中に入ると、そこにはサンダルフォンがいた。

別に驚きもしなかった。ここはサンダルフォンの支配下にあり、紫はサンダルフォンの霊威色でもあったからだ。

従者の部屋とは違い、何もかもが豪奢《ごうしゃ》だった。だが、執務室というわけではなさそうだった。しいて挙げれば、来客を迎え入れるための応接間だろうか。そんな賓客《ひんきゃく》が訪れることがあるのかどうかすらわからなかったが。

「何用だ？　サンダルフォン」

簡潔な問いかけだった。

本来ならば当然あって然《しか》るべき、館の主に対しての儀礼もない。

だが。サンダルフォンはその無礼を咎《とが》めもしなかった。堕天させられてもルシファーがルシファーであることに変わりはなく、こうして顔を付き合わせていても、ごく自然体で卑屈なものは微塵《みじん》も感じさせないからだった。

「おまえに、頼みたいことがあってな」

「頼み事？　おまえが、わたしにか？」

ルシファーは訝《いぶか》しげに眉をひそめた。

「そうだ」

いったい、何を？

視線でそれを問うと。サンダルフォンはふたつの銀杯に酒を注ぎ、その一方をルシファーに手渡して肘《ひじ》掛《か》けの付いた椅子《いす》に座るように促した。

『ヴァンガ』と呼ばれる鉱木《こうぼく》を研磨して作り上げた卓台を挟《はさ》んでルシファーが優雅な所作で椅子に座ると、サンダルフォンはおもむろに切り出した。

「頼みというのはほかでもない。おまえに、この館を仕切ってもらいたいのだ」

「館を……仕切る？」

意味がわからない。その役目を担っている者は、すでにいるからだ。

最上階で言えば、アシタロテがそうだ。

有能すぎるアシタロテを解任して、その後釜になれ——とでも言われているのかと、ルシファーは内心のため息が止まらない。

（それは、どういう冗談だ？）

冗談でなければ、横暴の極みである。

まさか、サンダルフォンが本気でそんなことを考えているとは思えなかったが、わざわざこんなところにまでルシファーを呼び出して笑えない冗談を言うはずもない。

ところが。

「もっと、はっきり言えば。おまえにシャヘルどもを束ねる君主になってもらいたい。そういうことだ」

サンダルフォンの口から出た言葉は無謀の極みだった。

ルシファーは我が耳を疑った。

「なんの、戯《ざ》れ事《ごと》だ?」

啞然《あぜん》として、声も掠れた。

「私は、本気だ」

いっそきっぱりと、サンダルフォンは言い切った。

「〈マホン〉の統轄者として、私はこれ以上の不祥事は望まない。わかるな? ルシファー?」

「なぜ、それをわたしに言う?」

「おまえが、特別という名の異端だからだ」

否定はしない。

いや。今更、否定をする気にもなれない。誰よりも強く、それを感じているのはルシファー自身だからだ。

ルシファーは瞬きもせずにサンダルフォンを見返した。

「すでに、最上階のシャヘルどもは感化されつつある。違うか?」

ルシファーはわずかに口元を引き締めた。それは、認めざるを得ない事実であった。

ミカエルでさえ気付いたのだ。サンダルフォンが知らないわけがない。

エイシェトとハロトの情死以後、館は……いや、物憂げなため息を漏らすことしかなかった彼らが目に見えて変わりつつあった。その変貌に、主人たちが困惑と拒絶を見せたのはむしろ当然のことであったかもしれない。

主人たちは、従者がなぜ、突然ささやかなる自己主張をしはじめたのか——理解できなかったのである。

戸惑いは猜疑《さいぎ》を誘い、そして、不安を煽る。彼らの目にも頭にも、まだ、情死事件の苦い顚《てん》末《まつ》がこびりついていたからだ。

「それは……主人たちの総意も兼ねる、ということか？」

半ば否定的な色合いを込めてルシファーが漏らす。

そんなことはあり得ないからだ。サンダルフォンとこうして会話をしていることさえ、ミカエルは認めないだろう。

「おまえも知っていようが、館はこれまで〈マホン〉であって〈マホン〉ではなかった。シャヘルどもは謂《い》わば、館で飼われている従順な家畜であったのでな。放し飼いにしておいても、なんら害はなかった」

サンダルフォンは見事なほどに歯に衣を着せなかった。

それが、偽らざる真実なのだ。何をどう言い繕っても、事実は動かない。まして天使長であったルシファー相手に、今更、詭弁《きべん》を弄《ろう》する必要もなかった。

ルシファーもまた、眉ひとつひそめはしなかった。

かつては共に肩を並べた盟友を前にして、己の身分を忘れていたわけではない。ただ、すでに対等の立場ではないにしろ、ことさらに卑屈な態度を取ることもしなかったというだけのことである。

天使長であったときは、目線はいつもサンダルフォンと同じ高さにあった。同じ目線で物を見て、話を聞き、思考した。なんの疑いも、迷いもなく。それが当然のことであったからだ。

しかし。

——今。ルシファーの目線は最下《いやした》にあった。己の存在意義が根本から覆されるような苛酷《かこく》さで。

従者と呼ばれる真の慟哭《どうこく》と——渇望。

館に痼った淀みは、今、ようやく動き出したばかりだ。

なのに——そのうねりの矢面に立てと、サンダルフォンは言うのだ。

あまりにも莫迦《ばか》げている。サンダルフォンの真意がどうのという以前に、そんなことをミカエルが許すはずがないからだ。

「我らは急激な変革は望まない」

我ら？

私——ではなく？

「それは、どういう意味だ？」

「これは、主人たちの総意だと思ってもらいたい」

ルシファーは、思わず下腹に力を込めた。

「動き出したうねりを頭ごなしに断ち切ろうとすれば、それは形を変えて、いずれは堰《せき》を切ってほとばしるだろう。シャヘルどもにとっても、それは本意ではあるまい？」

「サンダルフォン、間違えるなよ。わたしは……おまえに呼び出されたからここにいるのであって、わたしがシャヘルを総代しているわけではない」

詭弁ではない。

屁理屈でもない。

単なる、事実だ。

あくまで一線を引こうとするルシファーの言い様に、サンダルフォンはわずかに口の端を捲り上げた。

「往生際が悪いな、ルシファー。ここで、こうして〈マホン〉の主たる私と対峙《たいじ》している以上──否はない」

ルシファーは気色《けしき》ばむ。

「ミカエルが承諾してもいないのに、か？」

「この非常事態に、私意に走る輩《やから》のことまで構ってはおれぬということだ」

それだけで、ルシファーは知る。ミカエルとサンダルフォンの間で戦わされたであろう不毛な舌戦を。

「シャヘルが主人の意向を無視し、自分で考え行動する。おまえは、それを問題にしているのだろう？　言っていることと、やろうとしていることが矛盾しているではないか。それとも、サンダルフォン。おまえが、ミカエルの機嫌を取り結んでくれるとでもいうのか？」

ルシファーの口から棘《とげ》のある皮肉が漏れる。

――が、サンダルフォンは歯牙にもかけなかった。

「それは、閨《ねや》でのおまえのねだり方次第だろう」

「ずいぶんとあからさまだな、サンダルフォン」

眉間《みけん》にくっきりと縦皺《たてじわ》を刻むルシファーだった。

「お互い、今更変に体裁を取り繕ってもしょうがない。そうではないか？」

ルシファーはわずかに唇を噛んだ。

「主人に対してひたすら従順であったあれらが、足を震わせながらなけなしの気骨を振り絞っているのだ。己が命運を賭《と》してな。なぜだ？　おまえに触発されたからではないのか？　ならば、おまえも、あれらのために今一歩踏み出すべきであろう？」

とたん。ルシファーの眦《まなじり》に険が走った。

「踏み出して、どうする？　わたしに、この館を統《す》べるシャヘルの君主になれと、おまえは本気でそれを言うのか？」

口早に吐き出す言葉が孕《はら》む――苦渋。

この館で彼らの要になる。そんなことは、あり得ない。

だが。サンダルフォンは事もなげに言ってのけた。

「おまえには、それを成せるだけの器量がある。いや……これは、おまえにしかできないことだ」

法外に寄せられる、期待の重さ。

——違う。

重いのは、最下に堕ちてもなお『天使長』の肩書きをごり押しされることだ。

アシタロテたちにしろ、サンダルフォンにしろ、とうに抜け殻《がら》になってしまった虚像に惑わされている。ルシファーにそれを求めないのはミカエルただ一人であった。

『おまえは、永劫、私のシャヘルだ』

ミカエルだけが、その言葉でルシファーを呪縛《じゅばく》する。

だから、ルシファーは孤高でいられた。よけいなことは何も考えずにいられた。他者との関わりを持たないことで、逆に、真の喪失感を埋めることができた。

今となっては、それも無意味になってしまったが。

「彼らの望みは——背信ではなく、微々たる願いだ。器としてではなく、個体として愛されたい。ただそれだけだ。なのに、おまえたち主人には、それほどの度量もないというのか?」

「どれほどささやかな願いであれ、望みは、ひとつ叶《かな》えば次にはそれが欲になる。そうであろう? それゆえ、我らは常に堕落の甘い罠《わな》と背中合わせにあるのだ。ましてやシャヘルは、我らにとっては生命線にも等しい。自覚していようと、いまいとな。精蜜を活力として我が身に取り込むために睦み合うことは快楽ではない。だが、そこに情が絡めば、行為は快楽を貪るための手段でしかなくなってしまう。違うか？」

ルシファーはひくりと鼓動を跳ね上げた。ミカエルとのそれを、暗に示唆《しさ》されたような気がした。

「あれらの願いは微々たる望みでも、我らにとっては姦淫の甘い毒にも等しいということだ。天使長であったおまえならば、それがどういうことか……わかっていよう？」

すでに姦淫の毒まみれになっているという自覚がありすぎて、否定も肯定もできずに、ルシファーは口を噤《つぐ》む。

「このままでは——館が軋る。おまえにどちらを取れ……と、あえて強いるつもりはない。だが、こちらとあちらの事情に通じているのはおまえだけなのだ、ルシファー。それゆえ、おまえにはどうでも要になってもらわねばならない。ミカエルが、何をどう愚痴《ぐち》ろうがな」

「——力で断ち切るつもりは、ないのだな？」

探しあぐねて漏らす吐息の——重さ。

「あれらが、分不相応な望みを抱かぬ限りはな」

釘を刺すサンダルフォンを見返すルシファーの双眸に、迷いはなかった。従者の血をもってしても穢《けが》せない、ルシファー本来の気質である輝きに満ちていた。

「ならば。そのような不遜《ふそん》な夢を見ぬよう、主人が主人たる力量でシャヘルの渇きを満たしてやるべきだろう」

餓えた魂は、一瞬の魔《狂気》を生み落とす。ルシファーは己の血肉を供物《くもつ》として、それを知ってしまった。

残光

光は、ただそれだけでは己の存在を見いだせない。その足下にある影を見て、初めて知るのだ。己が、光り輝く者であることを。

精蜜を満たす『器』ではなく血肉の通った自分を見て欲しい。彼らのささやかな願いは、主人に苦い自覚を促す。彼らを支配しているはずの己が、その実、彼らに囚《とら》われていたのだと。

主人の刻印《マステマ》が、従者《シャヘル》の肉体を呪縛する。

主人の光子のみが、それを癒《い》やすのだ。

その断ちがたい絆が、濃《こく》のある芳醇《ほうじゅん》な精蜜を作り出すのである。

睦み合うことで、彼らは享受する。己の半身がもたらす、その恩恵を。

しかし。主人は己の権利を主張するだけで、彼らに対する労《いたわ》りや気遣いは存在しなかった。優しい言葉の一欠片もなかった。睦み合うのに、そんなものは不要だったからだ。

——今までは。

そして。主人たちは今更のように思い知るのだ。熱く熟れていく秘肉の灼《あつ》さが彼らを餓えさせていくのだと。

そうして。微かに恐怖する。己の半身《シャヘル》が、己の闇を具現していることに気付いて……。


館の門を潜るたび、ミカエルは半ば無意識の舌打ちを漏らす。

この広間で、しどけない形《なり》のまま自堕落に酒を呷《あお》る者たちの姿を見なくなって、どれほどが過ぎたのか。

従者たちの変容は館の淀んだ大気すら浄化させる。単なる揶揄ではなく、だ。

主人たちに諂《へつら》い媚びを売ることしか知らない従順な家畜《シャヘル》が、静かなる牙《きば》を剝《む》き始める。そんな不快感を感じないではいられない主人は数多《あまた》いるだろう。

ミカエルは、別段そんなことはどうでもよかった。彼らの変貌に慌てふためく主人たちの狼狽《ろうばい》ぶりにも、なんら興味はなかった。

ただ、その中心にルシファーがいることだけが気に入らなかった。

サンダルフォンは言った。

「天上界には、天上界を仕切る君主がいるのだ。ならば、シャヘルにはシャヘルを統べる王がいてもよかろう?」

平然と。

「そのために『神』は、ルシファーをこの館に遣わせたのかもしれぬな」

ミカエルの神経を逆撫《さかな》でするかのように。

返事をするのも業腹であった。こじつけにしては理路整然としたサンダルフォンの口調は、言外に、天上界の至宝をこれ以上独占することは許さない——とでも言いたげであった。

切羽詰まった果ての愚行は、剝き出しの利己でもってルシファーを奈落の底へ引き摺《ず》り込んだ。やってしまったことをなかったことにしようとは思わない。そこまで、傲慢《ごうまん》でも恥知らずでもない。

今更、悔いることなど何もない——はずであった。

なのに。それすらも、思いがけない誤算を生み落とす。

従者を統べる——王。

束の間、ミカエルは唇を嚙む。すべて『神』の掌《てのひら》で踊らされているような錯覚さえして。

天上界第七天〈アラボト〉。

御座に住まう『神』を称え、途切れることのない詠歌が朗々と響き渡る。

熾天使《セラフイム》は愛を。

智天使《ケルビム》は知識を。

そして。座天使《トロウンズ》は光を共振しつつ。

それでも……唯一絶対、全能なる『神』をもってしても御しきれない衝動に駆られるものなのか。

始まりは、蒼穹《そうきゅう》の一画で発生した小さな光の捻《ねじ》れであった。だが、捻れは捩《よじ》れとなり、歪みは日を追うにつれて不気味な亀裂を生み、そこここでどす黒い乱反射を作り出していった。

光と影が交錯して生ずる――ひずみ。それは『光』から『熱』へ、更に『物質』へと変容するたび『負』の量子を取り込んでいった。

「ミカエル。天上界でのひずみはどこまで出ているか、わかるか?」

「いや。まずは行ってみなくては、どのくらいの被害が出ているか、見当もつかん」

「そうか。厄介だな」

「ラファエル。おまえは〈シェハキム〉の様子を見に行ってくれ。私はザビアの神殿に行く」

「わかった。ガブリエル、おまえはどうする？」

「私はユグシラルへ行ってみる」

「頼む。異変がなければ、そのままシャラマイアに回ってナタナエルと合流してくれ」

「承知した」

ラファエルとガブリエルが揃って飛翔《ひしよう》すると。ミカエルの背後から、ギリアンが踵《かかと》を踏み鳴らして声をかけた。

「ミカエル様。アークエンジェルズ隊、揃《そろ》いました」

振り向きざま。

「よし。では、出るぞ」

ミカエルが宣言すると。

「――ハッ」

ギリアンは直立不動で応えた。


歪みは『光』を裂き、『闇』をも喰らう。

その修復のために、ついに、末端の御使えまでもが駆り出されていった。

凶報は続く。眠りの覚めやらぬ館にも。

「ご主人様たち、みんな出て行っちゃったみたいだよ?」

階下の大広間から戻ってきたベリアルがこっそりと漏らす。

「向こうで何かあったのかな?」

彼らには何も知らされていないが。

「アシタロテ、知ってる?」

「わからない。でも、ご主人様たちが揃って引き上げてしまったんだから、何か大事なんじゃない?」

たぶん。

──きっと。

ルシファーの寝所に入り浸っていたミカエルまでもがここ数夜は姿を見ない。それこそが、館の外で起きている異変を象徴しているようなものだった。


すべての主人が慌ただしく館を去った、その日。館の門は閉ざされた。堅く。しっかりと。

そして、館は外界から隔絶された。

それを待ち構えていたように、一瞬、闇が捩れた。

浅い微睡《まどろ》みを引きちぎらんばかりの轟音《ごうおん》だった。

ゲヘナの深淵《しんえん》で嘆く堕天使たちの絶望を模したかのような低い唸《うな》り声が闇を舐め、大気を裂いた。深々と……。

渦を巻いて闇を呑み込む——咆吼《ほうこう》。

黒々とした闇の目に、突如、蒼い火柱が立った。

冷たく燃え盛る蒼炎が唸る。あたかも、呪詛《じゅそ》を撒《ま》き散らすかのように。唸りながら鎌首をもたげ、頃合いを見計らうような鋭さで炎の触手を館に向けて放った。

大気が、不気味に振動する。

——瞬間。

鈍い爆裂音が館を直撃した。

その衝撃に寝台から身体ごと放り出され、ルシファーは思わず驚愕《きょうがく》の目を見開いた。いったい、何が起きたのかと。

最上階だけではなく、各層で、従者たちが自室を飛び出して騒ぎ出す。

ビシッと音を立てて、続けざまに闇が裂けた。

刹那《せつな》。

闇を貫く蒼炎の触手は狙《ねら》い澄ましたような正確さで館を打ち据《す》え、爆裂した。

その凄《すさ》まじい衝撃波に大きく足下を掬《すく》われ、様子を見に広間に出ようとしたルシファーはしたたか壁に叩《たた》き付けられた。

「くっ…あッ」

激痛に、一瞬、息が止まる。

館のそこかしこで、悲鳴が貫く。

崩れ落ちる壁に押し潰《つぶ》され、壁の下敷きになり、絶叫が谺《こだま》して――消えた。

何があったのかはわからない。事の成り行きを理解するよりも先に、恐怖が彼らを駆り立てた。言葉では形容しがたい異形の『魔』が、館を喰らい尽くそうとしているのだと。

錯覚ではない。

幻覚でもない。

身体の芯から震えが来るような――恐怖だった。

彼らは恐慌をきたし、我先にと光界に続く唯一の扉へ雪崩《なだ》れ込んでいった。

無情の闇へ走ろうとする者は、誰もいない。

光を――記憶の中にある光だけを求めて、闇雲に走る。誰かを突き飛ばし、踏みつけ、引き攣《つ》る悲鳴だけを取り残したまま……。

それが更なる混乱を煽り、彼らの恐怖心を掻きむしった。血がしぶくほどに。

分厚く閉ざされた扉は、びくともしない。まるで、異端の従者はただの一人たりとも逃さない——とでも言いたげに。

喉を灼く悲鳴も、血を吐くような絶叫も……どれほど声を限りに叫んでも、その声は天上界の誰にも届かなかった。

ルシファーは闇を震撼《しんかん》させる不気味な蒼炎を凝視したまま、しばし呆然《ぼうぜん》と立ち竦《すく》んでいた。

(神の……雷《いかずち》？)

まさか。

——そんな。

絶句したルシファーの視界を灼いて、閃光《せんこう》が走る。

唸り声が渦を巻き、鳴動する闇の目が咆吼するたび、雷鳴は縦横無尽に闇を切り裂いた。

ルシファーは、我知らず肌を粟立《あわだ》たせた。怯える従者たちを容赦なく斬《き》って捨てるそれが、紛れもない『神の雷』であることを知って。

「なんの、ための……怒りの雷なのですか」

蒼ざめた唇から、引き攣った独白が漏れる。

(神よ、お止《や》めください。彼らは、シャヘルに身を堕としても、あなたの愛し子ではありませんかッ)

だが。胸を突く叫び声は、声にはならなかった。

『神』の暴虐《ぼうぎゃく》に為す術もなく、ルシファーの眼前で狂った時の流れがいくつもの絶叫と数多の悲鳴を呑み込んでいく。

魂までもが軋るような痛みに、ルシファーは声なき絶叫を放った。

やめろ。

——やめろッ。

————やめろーッ。

まっすぐ、天空に向けて。

崩れかけた館から、一条の熾《おこ》れる焰炎にも似た雷光《いなびかり》が駆け上がる。

それは、無差別に館を斬りつける『魔』の顎《あぎと》を一瞬にして打ち砕き、更に、天空を焦がしながら鳴動する闇の目をも刺し貫いた。

その瞬間《とき》。

ほんの一瞬、すべての時が静止した。

不気味に。

昂ぶる鼓動の熱さすら……。

そして。

爆裂した。闇を、黄金色に染めて。

誰もが、凍り付いたように天を見上げていた。迫り来る恐怖と、えも言われぬ疼きに身を灼きながら……。

そこには、黄金の霊翼を広げたルシファーがいた。

アシタロテは、恐怖が見せた幻覚なのではなかろうかと思わず我が目を疑った。

(まさか……そんな……あり得ない)

シグルドの実から採れる聖液を飲み干した者は、双翼が朽ちる。それは熾天使といえども例外ではなかった。ルシファーの霊翼は発現したまま角質化して朽ちた。

――はずだった。その残滓《ざんし》とも言える光輪の輝きだけを残して。

現実にはあり得ないことが目の前で起こるのは幻覚である。だが、これはまさに奇跡であった。呆然と双眸《みは》を瞠って、ただ絶句する。

――いや。それは翼であって、彼らが見慣れた双翼ではなかった。なぜなら、ルシファーの翼は四枚羽であったからだ。

しかも、上翼に比べて下翼は羽化したてのように短く、色は真紅だった。

異質だった。

怪異だった。

だが――美しかった。

こんな非常事態だというのに、思わず目を奪われてしまうほどに。息を止めて魅入ってしまうほどに。

そんな彼らを叱咤《しった》するように、ルシファーは凜然《りんぜん》たる口調で言い放った。闇を黄金色に染める霊翼を羽ばたかせたまま。

「狼狽《うろた》えるなッ！　まだ、館が陥落したわけではないッ」

彼らの眼差しのすべてが、ルシファーにすがりつく。その全幅の信頼を背に、ルシファーは叫ぶ。

「サマエルッ、ベリアルッ、アポルオンッ。皆を一ヶ所に集めろ。ベルゼブルッ、おまえはレヴィヤタンと怪我《けが》人を。アシタロテッ。おまえたちは皆を最下へ連れて行け。光界への門はこちらからは開かぬ。『死者の扉《アシエラー》』への回廊には窖《あなぐら》へ抜ける扉があるはずだ。そこを抜けて行け。真っ直ぐ、振り向かずにだ」

手際よく頭を割り振り、ルシファーは促す。

「闇雲に恐れるな。狼狽えるな。嘆くな。すべての道が閉ざされたわけではない」

それぞれの自覚と、鎮静を。

そして。最後に、鮮やかに微笑した。

「髪が、目の色が変わり、背の翼さえ失ったとはいえ、おまえたちも元は天の御使えだ。やれば、できる。わかったな？」

彼らがこの館で初めて見る、それは至高の御使えと言われた天使長そのものの輝きであった。従者たちが行く。怯えを噛み殺し、震える足を引き摺りながら。

それと呼応するかのように、再び闇が蠢動《しゅんどう》しはじめた。

ゆうるり……と。

闇の触手を手繰《たぐ》り寄せるかのように。

ルシファーは見据える。身じろぎもせず。いずれ来るであろう雷を待ち構えるように。背後に館を——従者たちの生命を背負ったまま。

刹那。音もなく、蒼光が走った。

ルシファーは動かない。光輪だけが大きく膨《ふく》れ上がる。ルシファーの黒髪の一本一本が真紅《あか》く、ちりちりと逆立つほどに。

貫く、蒼光。

金色に燃え上がる、ルシファーの光輪。

ふたつの焔がぶつかり、弾ける。互いの喉を食いちぎらんばかりの激しさで。

続けざまに、雷が落ちる。

そのことごとくを撃破していくルシファーの肩が、次第に荒く喘ぎはじめる。

そして。その一瞬の隙《すき》を衝くかのように、巨大な雷光がルシファーを弾き飛ばして館を串刺しにした。

御使えたちが館の異変に気付いたのは、天上界の亀裂もほぼ修復を終えた頃だった。サンダルフォンからの知らせを受けてミカエルらが駆けつけたとき、すでに、館はわずかにその痕跡を留めているにすぎなかった。まるで、故意に抉《えぐ》り取られたような凄まじさだけを残して……。

「どういう……ことだ？」

誰に聞かせるわけでもなく、半ば放心したように呟《つぶや》いたのはラファエルだった。

「いったい、何があった？」

ガブリエルの語尾も掠れ上がる。ミカエルですら、顔を強ばらせたままだ。

しかし。館の残骸《ざんがい》を呑み込んだまま、闇は何も語ろうとはしない。

そこで、何が起こったのか。

従者たちは、どこへ消えたのか。

誰もがそれを思いながら、抉り取られた館の無惨《むざん》な姿をまざまざと見せつけられる驚愕に、

誰一人としてそれを口に出せずにいた。一度口にしてしまったら、不吉な予感が際限なくこぼれ落ちてしまいそうな気がして。

天上界には住めず闇を畏怖する彼らにとって、館は唯一無二の世界であった。闇に取り残されて生きる術はあるか？　――と問われれば、『否』と答えるしかない。

天の御使えにとっても、闇の領域はいまだ未知数だった。しかも、館の最下は冥界《めいかい》への入り口でもあった。瓦礫《がれき》に埋もれた下がどうなっているのか、想像もつかなかった。

闇は喉を掻きむしらんばかりの不安を煽り、冷たく研ぎ澄まされた静寂はやがて狂気にいたらしめるだろう。見渡す限りの沈黙の世界で生き残れるほど彼らは強くない。それが、紛れもない事実であった。

それでも、一握りの者たちが残った。

冥府の河へと通ずる最下の窖《あなぐら》で、寒さと恐怖に打ち震えながら身を寄せ合っていた者たちがいた。

「たった……これだけか？」

誰の口から漏れたのか、蒼ざめた呟きだった。

引き攣り、蒼ざめた――唇。放心して定まらない視線。極度の虚脱状態に刻まれた顔、顔、顔……。

その中にベルゼブルを見いだして、ラファエルは思わず駆け寄った。

「ベルゼブルッ。何があったのだ？」

強く肩を揺すっても応えはなかった。心ここにあらず――とばかりに見開かれたままの双眸は揺らぎもしない。唇の色は蒼白に近かった。

そのとき。ミカエルは、ベルゼブルがその手の中に何かをしっかり握りしめているのに気付いた。

(……ッ！)

思わず、息を呑む。

ベルゼブルの拳《こぶし》に見え隠れする光の粒で編み込んだ飾り紐《ひも》に、見覚えがあった。

(あれは——ルシファーの)

ミカエルがルシファーに贈った額飾りだった。

とたん。ミカエルの眦《つ》が吊り上がった。

「ルシファーはッ？　ルシファーは、どうしたッ！」

その手を摑んで、ミカエルは激しくベルゼブルの身体を揺すった。

か細い首が今にもポキリと折れてしまいそうな手荒さに、ラファエルは顔色を変えてミカエルを制した。

「よせ、ミカエルッ。話なら、俺が聞く。少しは頭を冷やせッ」

ミカエルの手を力任せに引き剝《は》がして、ラファエルは硬直したベルゼブルの身体をゆったりと抱き寄せると、朱色に輝く己の光輪で静かに包み込んだ。

ベルゼブルの眼差しは遠く、現実のものは何も見てはいなかった。まるで、魂が抜け落ちてしまったかのような有り様に、ラファエルは心が痛んだ。そして、本心から癒やしたいと思った。

強ばりついたその頰《ほお》に、微かにわななく唇に口づけながら、ラファエルはことさら優しく問いかけた。

「何があった？　ベルゼブル、館で、いったい何があったのだ？」

彼らは、ベルゼブルが口を開くのを辛抱強く待った。そうする以外、術はなかったからである。

それでも。ミカエルは、不安と苛立《いらだ》ちに膨れ上がる鼓動を押し留めることができなかった。険しく歪む蒼瞳に走る――焦り。ぴりぴりと神経が張り詰めていく音さえ聞こえてきそうであった。

ラファエルの霊気を分け与えられ、ようやくベルゼブルの頰に血の気が戻りはじめた。それにつれて、虚ろに宙を彷徨《さまよ》っていた双瞳が少しずつ、ぎこちなく――撓んだ。

ラファエルはわずかに安堵《あんど》した。だが、抱きしめた手は離さなかった。冷たく強ばりついた背を撫でさすり、ベルゼブルの呼気が落ち着くまで癒やし続けた。

「大丈夫だ、ベルゼブル。俺はここにいる。もう、大丈夫だ」

そうして、ベルゼブルは語りはじめた。熱に浮かされたように乾いた声で淡々と……。

「……闇の中で、何かが渦巻いてた……。叫ぶように……低く、唸ってた。気味の悪い……声で。何か……とてつもない大きなものが――空から落ちてきた。青白い炎が……灼けるような、爆音が……して。ルシファー……様が……」


それが、なんなのか……。ベルゼブルにはわからなかった。

ただ……闇が唸るたびに軋む館の頼りなさに、身体も心も凍りついてしまいそうだった。

それでも。

「狼狽えるなッ。まだ、館が陥落したわけではないッ」

凛冽《りんれつ》たるルシファーの叫びが、ただひとつの心の支えであった。

闇に鱗粉《りんぷん》を散らしたかのような美麗にして異形の四翼……。

初めて見た。そんなことは聞いたこともなかった。天上界の最高位である熾天使の霊翼が日《ま》映《ばゆ》い金翼であることは誰でも知っているが、金色と真紅の四枚羽など噂にも聞いたことがなかった。

ましてや、朽ちてしまった双翼が再び発現するなどあり得ないことだった。

蜜腺から分泌される聖液が目を髪を染め変え、双翼さえ朽ち果てていくのに、なぜか、ルシファーだけが従者の血に穢されない。堕天しても、元天使長は特別。館ではもはや定説となったその言葉は羨望《せんぼう》と嫉妬の象徴だったが、今はそれが何より心強い。目に染み入るばかりの輝きを目にしただけで、萎《な》えかけた心がしなう。

そのルシファーの口から思いがけず我が名を呼ばれたとき、ベルゼブルは身体中の血が一気に滾り上がるような気さえした。

（大丈夫。まだ——なんとか、なる。ルシファー様がいる限り……）

そう思ったのは、おそらくベルゼブルだけではあるまい。

そう思い込むことで、誰もが我が身を叱咤したのだ。わけもわからない恐怖に竦む足を、引き攣った心を。

「行けッ。ここは、わたしが食い止める」

ルシファーの出す指示に従って、彼らが動く。黙々と……。蒼ざめた不安に手足を引き攣らせながら、ただ黙々と足を急がせる。

不気味に鳴動する、闇。

あの、蒼白い炎はなんなのか。

なぜ、自分たちを——館を、襲うのか。

足腰がへたり込みそうな怖じ気《おけ》がわずかに薄れていくと同時に、別の思いが頭の芯を突きさした。

館を背に、たった一人、ルシファーが戦っている。その命を的にして……。

なのに、自分たちはただ逃げることしか能がないのか。

それで、本当にいいのか？

逸《はや》る鼓動の荒さに、血が滾る。ルシファーを一人残していくことに胸が締め付けられる。

だが、レヴィヤタンは言うのだ。

「ただのシャヘルにすぎない僕らに、何ができるの。ルシファー様をお助けしようにも、僕らにはもう、あそこに出ていく翼もないんだよ？　だったら、僕らが為すべきことは、一刻も早くここから立ち去るだけだよ」

足腰の立たない者は引き摺ってでもここから離せ——と命じられたアシタロテは。

「僕らは……僕らこそが、ルシファー様の足枷《あしかせ》になっているのがわからない？　見て。ルシファー様は、あそこから動けない。動かないんじゃなくて、動けないんだよ。僕らがここで愚図っている限り、ルシファー様はあれと自由に戦えない。だから、みんな、さっさと立ってッ」

声を限りに叫ぶ。

一緒に戦うことができないのなら、足手まといにだけはなりたくない。ベリアルはそう言って唇を噛んだ。

そうして、ベルゼブルは知る。思いは、誰も同じ痛みで胸を刺すのだろうと。

ベルゼブルは、無理やり目を引き剝がした。ルシファーの足枷だけにはなるまいと。
そのとき。
「ルシファー様ッ！」
悲鳴にも似たその叫びは、いったい、誰の口から漏れたのか。
直後。
館は凄まじい轟音とともに、弾けた。いくつもの悲鳴と絶叫を撫で斬りにして……。

「……何が、なんだか……わからなかった。何か……ものすごい力で弾き飛ばされたような気がして……。身体が、ひりつくようにずきずき痛んで……目も……よく見えなくて。近くで、誰かの……声が、聞こえたような気もしたけど……。泣いてるのか、助けを呼んでるのか……よく、わからなかった。そのうち、風が……吹いてきて……。そう……息もできないくらい、すごい風……だった」

流れに攫《さら》われまいと、ベルゼブルは必死だった。崩れ落ちた館の壁に、手が、指が、痺れるほどしがみついて……。

目の前でアシタロテが悲鳴を上げながら風に呑まれ、消えていくのが見えた。

恐怖が、ベルゼブルを金縛りにした。

ルシファーの姿は、もうどこにもない。唯一の心の支えが消えてしまったとたん、ベルゼブルは血が凍り付くような絶望感に打ちひしがれた。

そのうち、どこもかしこも痺れて、もう駄目だと力尽きかけたとき。誰かが……手首を摑んでくれた。

「大丈夫か?」

しなう腕の力強さより、助かったという安堵感より、その深みのある声の柔らかさが胸の底まで沁みた。

ご無事だったのだ——と。

我が命よりルシファーの無事な姿に感極まって、ベルゼブルは泣いた。震える唇を噛み締め、庇《かば》うように抱き止めてくれる腕の温もりにすがるように、声を噛み殺して泣いた。そして、ふと、気付いた。力強くしなる翼の異様さに……。

先ほどまで黄金色に輝いていた翼が、あろうことか漆黒の闇に同化していたのだ。

ベルゼブルは、思わず声を呑んだ。

「ルシファー様……。翼……どうなさったのです？」

恐る恐る、問いかける。もし、どこか怪我でもしているのなら……。そう思ったのだが、ルシファーは低く呟いただけだった。

「心配はいらない。変質させただけだ」

変質？

とは——なんだ？

疑問はあったが、そんなことを問いかける余裕もなかった。

ルシファーはそれっきり何も語らず、ゆっくりと低く翔んでいく。まるで、何かを警戒しているかのように。

館は、すでに跡形もなかった。何かはわからないが、あの巨大な蒼い火柱に喰われてしまったのだと、ベルゼブルは唇を噛む。

数多の仲間を奪ったであろう——漆黒の闇。何故に自分たちを供物に求めたのか、ベルゼブルにはわからない。

胸を衝き上げる、わけのわからない憤りと恐怖をどこに……誰にぶつければいいのかすら、わからない。

だが。それも終わったのだと——ベルゼブルは思った。

ところが。いきなり、また。闇が不気味に鳴動した。天空に闇の目が開き、何かを探し求めるように青白く光った。

瞬間。ルシファーの黒翼がいきなり黄金色に変質して、先ほどまでとは打って変わったように大きく飛翔した。凄まじい速さで。

すると、闇がうねった。闇に筋を引く黄金の雫《しずく》を目指して。

ベルゼブルは産毛《うぶげ》までそそけ立たせて、力いっぱいルシファーにしがみついた。


「僕は……離れたくなかった。放さないで……欲しかった。たった一人で闇に取り残されるくらいなら、ルシファー様にしがみついたまま死にたかった。本当なら……ルシファー様の足手まといになるくらいなら、僕が、自分で手を放さなくてはいけないの……わかってた。それでも僕は……離れたくなかった」


その瞬間。

不意に何かに弾き飛ばされた気がして。ベルゼブルは、頭が芯から捻れるような痛みに思わず呻いた。

　そのまま、大地に叩き付けられる。

　だが、思ったほどの衝撃はなかった。ルシファーが、身を挺《てい》して庇ってくれたのだ。

　ルシファーが苦しげに呻く。二人を包んでいた黄金の霊翼も、その衝撃で消え失せていた。

　ベルゼブルは悩乱した。自分を庇ったせいでルシファーが怪我でもしてしまったのではないかと。

　どうしよう。

　どうすればいい。

　どくどくと血が逸り、視界が歪んだ。

　——そのとき。

「ベルゼブル。死にたくなかったら、離れて……いろ。あれは——わたしを追ってくるのだ。早く……離れろッ」

　どういう意味なのか、ベルゼブルには理解できなかった。どうすべきかわからないままためらっていると、ルシファーが力任せにベルゼブルを押しのけた。

　——瞬間。何かがベルゼブルの頬を掠めてルシファーを打ち据えた。

「――違う。幻覚なんかじゃ……ない」

ルシファーの肌で弾けたそれは、思わず身を竦めて臀《しり》でずり上がったベルゼブルには目もくれなかった。まるで、見えない鞭《むち》できつい折檻《せっかん》でも繰り返すように、何度も、何度も、ルシファーだけを打ち据えた。そのたびにルシファーの光輪が激しく揺らいで散り散りになるほど容赦なく……。

ベルゼブルは、顔を背けて我が身をきつくかき抱いた。それ以外、何をどうすればいいのか……わからなくて。

すると。荒い息の下から、ルシファーが叫んだ。

「なぜ……今になって……どうして、そのようにお責めになるのですかッ？」

誰もいない闇に、ルシファーの悲痛な叫びが谺する。

涙にくぐもった声の、痛ましさ。

ベルゼブルは双眸を見開いたまま息を呑んだ。

「僕は……そのとき、ルシファー様の気がふれてしまったのではないかと、ゾッとした」


ルシファーは叫ぶ。

見えざる誰かを難詰するかのように。

「ミカエルに抱かれることをお認めになったのは、あなたではありませんかッ。今になって……今になってこの身を打ち据えるくらいなら、なぜ、あのとき、忘却の河に沈めてはくださらなかったのですか？」

静か……だった。

あれほど荒れ狂っていたものがルシファーの言葉に耳を傾けるように、すべてが不気味なくらいに静まり返っていた。恐怖と戦慄《せんりつ》を具現する蒼炎すら、今は沈黙の中にある。

「今更——わたしに、なんの清節をお求めになるのです？　目も、髪も、肌にさえシャヘルの毒気を薫《かお》らせるこの身のどこに、清節が残っているとおっしゃるのですか？」

ルシファーは切々と訴える。涙で頬を濡《ぬ》らしながら。

「シャヘルにとって、我が主だけが『神』にも等しいのだと。まやかしでも戯れ事でもなく、それが……真実なのです。わたしがルシファーである限り、わたしは永劫、ミカエルの腕の中で喘ぎ続けるでしょう。淫らに、ミカエルが望むまま……。この身はすでに、ミカエルの刻印が穿《うが》たれております。ミカエル以外、誰もわたしを満たせないのです。それを浅ましい……とお責めになるのなら、お願いです、どうか……この身はミカエルのものとして魂だけを闇の底に沈めてください」

切なる願いを込めて、ルシファーは天空を見据えた。

そこに、何があるのか。

誰が——いるのか。

ベルゼブルには、わからなかったが。

「わたしのためにほかの誰かを傷つけることなど——耐えられません。耐えられないのです。ミカエルに抱かれるたび、あなたの視線を感じます。乱れまいとすればミカエルを煽り、身も心も流されてしまえばあなたの視線に貫かれるようで……。愛は、慈しみ育《はぐく》むものという教えは、ただの言葉の幻なのですか？　あなたを……ミカエルを見ていると、愛に勝る狂気はないように思えてなりません」

掠れて詰まる最後の言葉は、弱々しい呟きのようだった。

強靱《きょうじん》な意志だけで気力を保たせてきたのだろう。思うさま本音を吐露してしまうと、ルシファーの光輪は目に見えてその輝きを失いつつあった。

そんなルシファーを見えざる闇の手が抱き上げる。まるで、愛しくてならないとでも言いたげな優しさで。

ベルゼブルは、ただ息を呑んで目を瞠った。

ルシファーは、その手の中で、柔らかな光の膜に包まれているように見えた。

背を丸め、縮めた手足を胸に抱き込んで、ゆうるりとルシファーが回転しはじめる。

ベルゼブルの目の前で、ルシファーが胎児から更に胎芽へと静かにときを遡行《そこう》していく。

まさか。

そんなことが、起こるなんて。

――あり得ない。

呆然と――ただ呆然と、ベルゼブルはそれを見ていた。息を詰め、身じろぎもせず、膜が輝きを失ってそのまま闇に溶けてしまうまで……。

「残ったのは、ルシファー様の額飾りだけ……。ううん、そうじゃない。残されたのは、僕だけ……。あのとき、ルシファー様が誰を『あなた』と呼びかけたのか……今はわかるような気もするけど。まさか……そんなはず、ない。あの方が……僕たちのこと……あんなこと——するなんて。うそ……だ。そんなの……嘘だ。僕、たぶん……聞き違えたんだ。そうに……決まってる」

ベルゼブルは掠れた喘ぎを漏らす。ただひとつ残されたルシファーの額飾りをきつく握りしめたまま。とめどなく溢《あふ》れる涙を、拭《ぬぐ》いもせず……。

決意

誰もが、愕然たる面持ちでベルゼブルを凝視していた。

まさか。

——そんなことが。

本当に。

——起こりうるのか。

思わず、否定して。否定しきれずに、黙り込む。

正気か？

——いまだ狂乱しているだけではないのか？

信じられない。

——信じたくない。

そんなことが真実なのだとは、とうてい認めがたい。

自分が、今、何をどう思い煩《わずら》っているのか。それを言葉にすることすら禁忌であるような気がした。

大きく見開かれたミカエルの双眸は思いもせぬ衝撃に射抜かれでもしたように凍り付いて、揺らぎもしなかった。

やがて、わずかに蒼ざめた唇は、

「やって、くれる……。ルシファーを——個に封じて下界へ流すとはな」

やりどころのない苦悶《くもん》に引き攣れて、歪んだ。込み上げる激情は圧し殺しても圧し殺しきれずに口いっぱいに溢れかえり、噛み殺すことさえできなかった。

褥でまぐわうたびに感じた気配は、紛れもない『神』の嫉妬の波動だった。

ミカエルでもなく、ルシファーでもなく、数多の従者《シャヘル》ごと館を抉り取ったのは二人がまぐわり合う場所すら忌《い》まわしかったからなのか。

ミカエルは小刻みに拳を振るわせ、唇をきつく噛み締めたまま無惨な館の残骸を凝視した。ひたすら強い目で。

微動だにしないその姿が、その場に居合わせた者たちの不安と危惧《きぐ》を掻き立てる。

「——時空の狭間《はざま》に落ち込んだシャヘルを見つけ出すのも、面白いかもしれぬな」

ラファエルの背を逆撫でするかのように、ミカエルが漏らした。静かな、低い口調で……。

「なん……だって？」

「狩るのだ、シャヘルを……」

穏やかに、だが平然と言い放つ口調の凄まじさに誰もが顔色を変えて振り返った。

ミカエルの放つ真紅の光輪が、束の間、金色の閃光《フレアー》を噴き上げる。己の半身を理不尽にもぎ取られた憤怒を叩き付けるかのように。それは、紛れもないルシファーの霊気の色であった。

「ミカエル。おまえは……『神』と張り合うつもりなのかッ？」

ガブリエルが眉を吊り上げて叫ぶ。

「ルシファーが天上界を退いたときから、おまえが、我らの要だ。わかっているのか、ミカエル。これ以上、身勝手な真似はするな」

真摯《しんし》な忠告を込めて、ナタナエルが言う。

「おまえのシャヘルになりたがっている者なら、数多いよう。身も心も、望むままだ。もう、ルシファーに構うな」

ケムエルは更に辛辣《しんらつ》であった。

彼らもまた、不条理に己の従者を喪《うしな》った。だが、今、ここでそれを嘆くわけにもいかない。彼らには熾天使《セラフィム》の君主として、やるべきことが残されているからだ。

そんな彼らを切り裂かんばかりに、ミカエルが睨《にら》み返す。本来の気質の荒さが咆吼しかねない、きつい目だった。

しかし。ラファエルは退かなかった。

「わかっているはずだ。『神』と、おまえと……ルシファーをふたつに引きちぎる」

ミカエルは無言で胸の傷跡をなぞった。

あのとき。『神』が沈黙を守ったのは、この負い目のせいであろうと思った。溺愛のルシファーの呼びかけに耳を塞《ふさ》ぐほど、それは重かったのだろう。

「ルシファーは、私のシャヘルだ。『神』は、そう、お認めになった」

「そうだ。そして館を無惨に抉り潰してしまうほど、おまえに……嫉妬なさった。違うか？」

今更、否定する気にもならないミカエルであった。

「おまえが追いやった忘却の河から連れ帰るほどに『神』はルシファーを愛でたもうたくらいだ。だが、溺愛するあまり、おまえに抱かれて乱れるルシファーに我慢がならなかった。そうであろうが」

「…『神』の嫉妬を感じていなかったとは言わぬ。だからといって、どうすればよかったというのだ。主人がシャヘルを抱くのは、当然の権利であろう？　睦み合おうが、まぐわり合おうがな。別に、見せつけていたわけではない。あれは、私のものだ。生かすも殺すも、その権利は私にある。違うか？」

正論である。その場にいた誰もが黙り込んでしまうくらいには。

「私の——シャヘルだ。たとえ『神』が時空の彼方に連れ去ろうと、必ず、この腕に取り戻してみせる。必ず、な」

静かな口調とは裏腹の双眸の激しさに返す言葉すら見つからず、彼らはただ顔を強ばらせたまま立ち竦んだ。

そうまでしてミカエルを駆り立てるのは『愛』という名の魔性の揺らめきなのか。

怒りにまかせて館を抉り取った『神』の嫉妬と、それを喉元に突きつけられたミカエルの剛性とが、ぶつかり合って火花を散らすようであった。

（愛に勝る狂気はない……か。その通りかもしれぬ。ルシファー……。おまえの柔らかな声が、しなやかな裸形が、その狂気に駆り立てるのだ、私を）

険しく切れ上がった双眸は、遠く、ルシファーの落ちた先を見定めようとするかのように、ミカエルは微動だにしなかった。

われは光をつくり、
また、暗きを創造す。
われは平和をつくり、
また、禍害《わざわい》を創造す。

（イザヤ書　第四十五章　七節）

聖蜜の器〈番外編〉

天上界第五天〈マホン〉。

吹き渡る風の音以外は何も聞こえない陸の孤島に、その館はあった。

前面は切り立った絶壁。上空には薄雲ひとつない群青の天《そら》。眼下には一面の樹海。そして、背面には漆黒の闇が極光の垂れ幕のように続いていた。果てもなく……。

ここは光と闇の境界層《シャー＝ヘルラー》であった。それゆえ館は光であって光でなく、闇にあって闇に染まらない異端《シャヘル》と呼ばれた。

白銀に輝く館は一見たおやかそうに見えて、その実、難攻不落の城塞《じょうさい》のごとく堅牢《けんろう》だった。

なぜなら。その館は永遠の囚館《しゅうかん》だからだ。

囚《とら》われているのは、その身に聖なる刻印《マステマ》を穿《うが》たれた人形《ひとがた》の器。誓約に従い、主従の契りを交わした者たち。館の周囲には目には見えない創造主の『結界』が張り巡らされており、誓約者以外、たとえ天の御使えといえども容易に立ち入ることはできない。

ゆえに。館を取り巻く時間の流れは次元を異《こと》にする。速すぎず——留まらず。緩やかに——穏やかに。螺旋《らせん》を描いて循環する。過去と未来の狭間《はざま》で……。

蒼天の御座を統《す》べる熾天使《セラフィム》の精蜜《せいみつ》を生む『器』だけが住まうことを許された最上階の広間は、いつもと変わらないざわめきの中にあった。銀杯を片手にそこかしこで座を囲み、物憂げに、自堕落に、時間を食い潰《つぶ》す従者《シャヘル》たちの日常が……。

広間にやってくれば必ずどこかの『座』に与《くみ》するのは暗黙の了解のようなもので、一人でひっそりと静かに孤独を託《かこ》っている者はいなかった。

持て余しているのは時間であって、自分の寝所に引きこもる寂しさに耐えられないのは誰も同じだ。広間に行けば、とりあえず果実酒もあれば食べ物もある。飲んで、食べて、それなりに適当に暇を潰せればそれでもいいが、仲間と語れば思いがけない発見もある。たとえ、それが微々たることであったとしても。

美酒《アムリタ》はいくら飲んでも尽きることはなく。目にも鮮やかな大地の恵みは種類も豊富で、どれだけ手を伸ばしても決して飽きることはない。

「ねぇ、知ってる？」

たわいもない話が一区切りになったとき、ベリアルが言った。

「何を？」

銀杯をあおる手を止めて、ベルゼブルが興味深げにベリアルを見やる。

どの階層でも同じことだが。時が満ちた蜜月の逢瀬《おうせ》以外に主人の訪れがない彼らにとって、館での噂話《うわさ》に興じることくらいしか退屈を紛らわせるものがない。

その噂話にしたところでたかが知れているのだが、そうした貴重な情報をどこで仕入れてくるのか、ある意味、ベリアルは最上階の住人の中ではほかの誰よりも情報通であった。

話し上手で聞き上手。華奢《きやしゃ》で甘やかな見目もあってか、ベリアルがいると不思議に座が華やかになって話も弾んだ。

「中庭の御神木《ウルド》が花芽をつけたんだって」

「ほんと？」

思わず、ベルゼブルが目を丸くする。

「うん。まだ固い蕾《つぼみ》らしいけど」

「うわぁ……。それって、すごいことだよね」

レヴィヤタンが声を弾ませれば、

「もしかして、瑞兆《ずいちょう》じゃない？」

ザカリスの口元にも笑みが広がった。

天上界において『花』は祝福を象徴する先触れである。それが『神木』の名を戴くものならば、それは、取りも直さず『瑞兆』を意味する。自分たちが住まう館に訪れる、幸運の予兆。

それがいったいなんであれ、胸が弾み心躍ることには違いなかった。

「だけど、あれって、もうずいぶん前に霊威は尽きたんじゃなかった？」

真っ赤に熟《う》れたエクノの実を一口囓《かじ》って、アポルオンが小首を傾《かし》げる。

せっかく盛り上がった気持ちに水を差すようなことは言わないでほしい。

——とは、その場にいる者の偽らざる気持ちだったろう。

さりとて、よくも悪くも裏表のないアポルオンの率直すぎる問いかけに非難がましい言葉を投げつけるわけにもいかず。それが、ベリアルの右隣で静かに杯を重ねているアシタロテに向けられたものだったので、とりあえず、皆の視線もごく自然にアシタロテへと流れた。

「……そうだね。僕がウルドの花を見てから、もうずいぶんになる」

記憶を手繰《たぐ》ってそれを口にするアシタロテ自身、それがどのくらい前のことだったか忘れてしまうくらいには古い話になる。

清浄な〈気〉が宿る霊木『ウルド』が館を守護する神木だと聞かされたのは、アシタロテがガブリエルのシャヘルとしてこの館に下ったときだ。

部屋の窓の外に見える、巨木。

「あれは、なんという名前なのですか？」

それを尋ねたアシタロテに、当時、最上階の仕切りを任されていたナタナエルの従者であったダリアッドが、そう教えてくれたのだ。

「ウルドの花芽が膨《ふく》らんで満開になると、館は黄金色に染まるんだよ」

ダリアッドの言葉通り、それはまさに光の乱舞であった。きらきらと目映《まばゆ》く輝く花弁は虹色の光彩を放ち、彼らにとっては二度と戻れない天上界の記憶を刺激せずにはおかない至福の時でもあった。たとえ、それが、一夜限りの光彩陸離であったとしても。

過去は薄れても、思い出は褪《あ》せない。

従者の『血』の呪縛《じゅばく》に染まって髪の色が変わり、双眸《そうぼう》の色素が薄れ、天の御使えの象徴でもある背の翼を失ってしまっても、思い出は誰にも奪われない。アシタロテがアシタロテである限り。

だが。いつの頃からか、ウルドは黄金の花を咲かせることはなくなってしまった。常緑の枝振りの瑞々しさは少しも変わらないのにだ。

光と闇の狭間で永遠の時間を流離《さすら》う館にあって、ウルドは、唯一天上界の輝きを放つ神木であった。それゆえ。なぜか、突然花芽すらつけなくなってしまったウルドに、凶兆ではないかと言い出す者が続出した。

底知れぬ闇の邪気を打ち払う霊木の神気さえも尽きてしまったのではないかと、彼らはおののき震えた。

館の最下層には冥界《めいかい》への入り口に繫《つな》がる『死者の扉《アシエラー》』がある。どっしりと重い頑丈な『門』が打ち破られたことなど、ただの一度もなかったが。自分たちの足下に禁忌《きんき》の扉があるのは動かしがたい事実であり、それだけで彼らの恐怖を煽《あお》るには充分すぎる要因になった。

館を取り巻く、一筋の光も通さない真の闇は身体の芯《しん》から震えが来るほどに怖い。――が。

彼らの『死者の扉』に対する本能的な畏怖はまた別物であった。

もしかしたら、このまま、館ごと創造主の加護を喪《うしな》ってしまうのではないか。

おののきは更なる恐怖を煽って館を激震させた。ただ、ウルドが花芽をつけなくなっただけで。それが、館を守護する神木であったがゆえに。

流言飛語は止まらなかった。従者たちのあまりの恐慌ぶりに、しばしの間、蜜月でもないのに主人たちが交替で常駐したくらいである。

『闇雲に恐れるな』

『流言に惑わされるな』

『神の加護が喪われることはない』

主人たちの揺るぎない言葉の力強さは、何よりの支えになった。

特に。創造主の思惟《しい》を具現する熾天使の君主が発する言葉には霊威が宿っており、咳《しわぶ》きひとつ落ちない広間で息を詰めて聞き入る者たちの恐怖を癒《い》やす妙薬になった。

幸いにして彼らが危惧《きぐ》したような災厄も異変も起こらなかったが、失われた輝きは戻らなかった。

哀しんで。嘆いて。心の底から祈って。それでも。彼らの切なる祈りは届かず、神木は沈黙したままだった。

しかし。そんな畏怖混じりの失意にすら、いつかは慣れてしまうものなのだとアシタロテは知ってしまった。物憂げなため息とともに、背の翼を失ってしまった喪失感が薄れていったように。

そのウルドに再び花芽がついたという。喜ばしいことだ。それが真実ならば、館にとっても従者たちにとっても何よりの瑞兆となるだろう。

あの黄金の輝きを再び目にすることができるのかと思うと、それだけでアシタロテの胸もじわりと熱くなる。

「……で、ね」

ベリアルはわずかに身を乗り出して声を落とすと。

「それって、やっぱり、ルシファー様の影響じゃないかって」

ひっそりと漏《も》らした。

とたんに。座が、大きくざわめいた。思いがけない驚愕《きょうがく》と、予期せぬ僥倖《ぎょうこう》が綯《な》い交《ま》ぜになったかのように。

誰もかれもが同じように双眸を見開いて、顔を見合わせ。言葉を呑《の》んで視線を泳がせ、ベリアルをまじまじと凝視した。

もしかしたら。ベリアルは、ルシファーがこの館にやってきたことで『神』の祝福も一緒についてきた……とでも言いたいのだろうかと。それを思って、アシタロテはしんなりと眉《まゆ》をひそめた。

【神の大いなる意志】

たとえ従者に身を堕《お》としても、アシタロテはただの一度もそれを疑ったことはないが。

『天使長が堕天して館の住人になる』

その噂を聞いたときには、頭の芯がグラグラ揺らいで何も考えられなくなってしまうほどの衝撃を受けた。

アシタロテだけではない。いつもはひっそりと静まり返っている館にどよめきが走り、よくも悪くも彼らは震撼《しんかん》した。

『天上界の至宝である天使長が、堕天使の刻印を穿たれてシャヘルになる』

そんな話は、にわかには信じられなかった。

いや……嘘だと思った。何かの間違いに違いないと思った。間違いでなければ、天使長を辱《はずかし》めて貶《おとし》めるための悪質な冗談だろうと。

アシタロテは、己がガブリエルの従者であることをなんら恥じるわけでも卑下するわけでもないが。それとこれとは、まったく次元の違う問題であった。そういう噂が館を席巻すること自体、天使長を侮辱《ぶじょく》していることのようにも思えた。

その名を穢《けが》してはならない。

軽々しく貶めてはならない。

無遠慮に辱めてはならない。

創造主を恐れ敬うほかに、この世界には確かにそういう至高の存在があるのだ。

高潔で。清廉で。徳望があって。すべての御使えの頂点に君臨する貴人。

かつて一度だけ、アシタロテは天使長ルシファーを間近に拝謁《はいえつ》したことがあった。アシタロテが、大天使隊《アークエンジェルズ》の士官候補生であった頃の話だ。

その日、アシタロテの師団は集いの日の神殿警護を拝命したのだった。その慰労のためにルシファーが師団長に声をかけ、あまつさえ、配下の自分たちにも労《ねぎら》いの言葉を与えてくれたのだ。

普段はその御姿すら垣間見《かいまみ》ることもできない雲上人だった。そのとき、アシタロテは師団の最後尾の末席を汚すだけの使い走りにすぎなかったが。玲瓏《れいろう》な面差しの貴人が目も眩《くら》まんばかりの光輪の輝きを放つその姿に、身も心も金縛りになった衝撃で詰めた息をまともに吐くことすらできなかった。

思わぬ眼福というには印象が鮮烈すぎて、アシタロテはいまだにその日のことを忘れることができない。

『創造主が溺愛《できあい》する、高潔で慈悲深い麗人が誰かに陵辱《りょうじょく》される』

そんなことが起こりうるはずがないのだ。

――いや。あってはならない現実だと思った。

【天上界の光掲げる者】すべての御使えが心酔しその敬愛を一心に受ける天使長が穢され、御使えとしての尊厳を剥《はく》奪《だつ》される。それは、許されざる暴虐《ぼうぎゃく》ではないのか。

暴虐でなければ、狂乱だ。

天使長を従者に堕天させる。

そんなことは、決して許されるべきではない凶事だった。

けれども。それが『嘘』でも『冗談』でも何かの『間違い』でもなく、紛れもない驚愕の『事実』なのだと知って。誰もが我が耳を疑い、愕然と双眸を見開き、その果てに――絶句した。

いったい、なぜ？

誰が、なんのために？

驚愕は様々な憶測を孕《はら》んで狂瀾《きょうらん》し、衝撃は館の隅々まで駆け巡って爆裂した。

そうして、アシタロテが知り得たのは、天使長を穢して堕天させた相手が天上界ではルシファーと双璧だと称えられた神の闘士――ミカエルだということだけだった。

絶句の果てに顔色なく、アシタロテは沈黙した。

それは、神の闘士に対するなんらかの『祝福』なのか。それとも。天使長に降りかかった

『災禍《さいか》』なのか。

ルシファーとミカエル。

信頼の絆《きずな》で結ばれた互いの片翼である二人が、真実の半身となる。その事実だけが、わけもわからずアシタロテの心臓を鷲摑《わしづか》みにした。

そして、今。その衝撃も冷めやらないままに、館の現実は大きく動き出してしまった。ある意味、アシタロテたちを惑乱して呪縛してしまうほどに。

「ほんとなの？　それ」

「だから、噂だってば」

「でも、吉祥《きっしょう》には違いないんだよね？」

「……御神木だしね」

「天使長様の御威光《ごいこう》の賜物《たまもの》だってこと？」

「レヴィヤタン、ルシファー様はもう天使長じゃないよ」

だから、本当は『様』付けで呼ぶべきではなかった。館に住まう者は一律平等であって、誰か一人を特別視することなど許されてはいないからだ。

けれども。かつての天使長を平然と呼び捨てになどできなかった。誰も、そんな勇気はなかった。たとえ、内々の冗談であっても。

「それは……そうだけど」

「つまり、それってさぁ、ルシファー様が創造者様の祝福も一緒に連れてきたってことじゃないの？」

やはり——と、アシタロテは思う。まるで『神』の啓示を思わせるようなウルドの異変になんらかの意味をもたせたがっているのは、誰でも同じらしい。裏を返せば、それだけ、館が不穏にザワついているということだ。

「……だよね？」

「本当に瑞兆だといいなぁ」

いつもは怠惰で自堕落なため息が澱《おり》のように淀《よど》んでいる広間の一画が久々の明るい話題にひとしきりざわめいて、大いに盛り上がる。

そのとき。

不意に、来訪者を告げる鈴鐘《ランカ》が鳴った。涼やかな音色でありながら、しっとりとまろやかな艶《つや》を帯びて。

——瞬間。広間のざわめきが奇妙に静まり返った。今日は、誰が、蜜月の逢瀬の至福を味わうのか。いったい、どの主人の訪れがあるのか。

期待と喜色。更には、なにがしかの好奇の視線を孕んで……。

広間の奥にあるどっしりと重い扉が、ゆったりと開かれる。そうして現れたのが、今現在、天上界の威光を具現する熾天使の長にして剛の者の頂点に立つ美丈夫であることを知り、張り詰めた沈黙はなんともしがたいため息とともに淀んだ。

「ミカエル様だ」

言わずもがなの名を口にして、ベルゼブルが銀杯を一気に呷《あお》る。しゃべり疲れた喉《のど》の渇きを潤すためというよりはむしろ、ミカエルの名を口にしたことに妙な居心地悪さでも感じているかのように。

いや……。やたらと喉の渇きを覚えてしまうのは何もベルゼブルばかりではない。

豪奢《ごうしゃ》な金髪と彫りの深い美貌《びぼう》は我が主人で見慣れてはいても、醸し出すものが違うのだ。その最大の理由は、他の主人の訪れは蜜月の一夜限りであるのにミカエルだけが足繁《しげ》く館に通ってくることだった。

なぜ、そんな非常識なことができるのか。

いや——許されるのか。

そして、疑問と憤懣《ふんまん》と嫉妬《しっと》を掻《か》き毟《むし》るだけ掻き毟られて彼らは知ることになった。蜜月の逢瀬は館における慣例であって、遵守《じゅんしゅ》すべき掟《おきて》ではないことを。ミカエルはただ、主人としての権利を行使しているに過ぎないのだと。

目から鱗《うろこ》が落ちるとは、まさにこのことであった。

今までは、誰もが一律平等であった。だから、誰も気付きもしなかった。逢瀬は蜜月だけのものではないことに。我が主人がその気になりさえすれば、一夜限りではなくなるかもしれないことを。それを口にできる者など、どこにもいなかったが。

「二夜と空けずに通ってこられるよね、ミカエル様」

詰めた息をそっと吐き出して、ベリアルが上目遣いに皆の顔色を窺《うかが》い見る。それだけで、先ほどまでの浮かれた気分も萎《な》えた。

「だって、お相手はあのルシファー様なんだから」

しんなりと吐き出されたアポルオンの言葉の裏には、隠しようのない羨望《せんぼう》の色が如実に透けて見えた。

つられて頷《うなず》く者。唇を噛《か》んで、そっと目を伏せる者。無言で果実酒《キャスカ》を干す者。だが。羨望の奥底に潜む揺らぎをあからさまに口にする者はない。

どんよりと重くて、じくじくと疼《うず》きしぶるもの。それは、酒を呑んでほろ酔い気分になっても決して満たされない飢渇感だった。わかりきったことをわざわざ言葉にする虚しさを、誰もが知っていたからだ。

神木の花芽がついた瑞兆は『神』の啓示であり、それは、ルシファーが従者となってこの館に堕天したことへの『神』の祝福。つい先ほどまでは誰もかれもが競うようにそれを口にしていたというのに、ミカエルが現れた瞬間、ルシファーへの矛先は一気に反転してしまった。それが身勝手な浅ましさだとしても、ため息とともにこぼれ落ちてくるものはどうしようもなかった。

「やっぱり……ルシファー様は特別なんだよね?」

特別——という名の異質。

たとえ前身がなんであろうと、聖痕《せいこん》を穿たれて館に下ってきた以上、自分たちと同じ精蜜を生むための生身の『器』であることに変わりはないはずなのに、誰の目にも、その差は歴然としていた。

それを、否応なく見せつけられることの妬《ねた》ましさ。なのに。ただ奥歯を軋《きし》らせて嚙み潰すしかない、苛立《いらだ》たしさ。度重なるミカエルの来訪は、果実酒を片手に自堕落に時間を食い潰すしかない彼らの後頭部を思うさま痛打する。本来、館の中にあってはならない『異質』の在処《ありか》を抉《えぐ》り出すかのように。

そして。その痛みに呻《うめ》く者たちの心臓を、更に鷲摑みにする。容赦なく。

「ねぇ。アシタロテ。君は……どう思う?」

「無い物ねだりをしてもしょうがないってことだよ、ベルゼブル」

ことさら淡々とアシタロテがそれを口にすると。

「アシタロテってば、余裕……」

ベリアルがわずかに目を瞠《みは》った。

「それって……ガブリエル様に愛されてる自信ってこと?」

それが決して鼻持ちならない嫌味に聞こえないのが、ベリアルの持ち味である。

アシタロテが自制に長《た》けた分、ベリアルの言動は表情豊かであった。アシタロテの理知的な面差しがそれによってひときわ強調されるほどに。

「愛されてる自信？　そんなもの、あるわけないよ」

素っ気ないほどのアシタロテの即答ぶりに、何を刺激されたのか。

「……嘘。だって、ルシファー様がここに来られるまでは、アシタロテがみんなの羨望の的だったじゃない」

ベルゼブルが。

「そうだよ。アシタロテは、この館の主……なんでしょ？」

アポルオンが。

「ほかのシャヘルの顔ぶれが変わっても、ガブリエル様のシャヘルはずっと昔からアシタロテだけだって……」

レヴィヤタンが。

「それだけ、ガブリエル様に愛されてるってことじゃないの？」

ザカリスが。

ここぞとばかりに、口々に言い募る。このところの鬱屈《うっくつ》した感情の歯止めが、ぷっつりと切れてしまったかのように。

まさか、そんな集中砲火を浴びせられるとは思ってもみなかったアシタロテは、ただ啞然《あぜん》とするしかない。むろん、内心はどうであれ、自制することに慣れきったアシタロテの表情が目に見えて変わるようなことはなかったが。

激情に声を荒らげても、何も解決しない。それが、アシタロテの持論であった。

己の感情に振り回されては、見えるものも視えなくなってしまう。大切なのは、揺らがないことである。しっかり目を見開いて、周りの状況を的確に判断することである。

だが。見えないものを無理に目を凝らしてまで見極める必要はない。思い込みは、決断を鈍らせるだけの錯覚だ。

他人の言葉に耳を貸さないのはただの愚行にすぎないが、助言は求めても他人に依存してはならない。己が常に己自身でありたいと思うのならば、自分の意志を決定する権利を他人に委《ゆだ》ねてはならない。

かつての師団長の言葉である。

それでも。結局、アシタロテはガブリエルの差し出した手を振り切ることはできなかった。もしも、それが間接的な拝命であればまだしも考える余裕もあったかもしれないが、上官立ち会いの下での勅命であるからにはアシタロテに拒否権はない。

選択権がないのであれば、突然降りかかってきた難題をあれこれ考えてもしょうがない。とりあえず受け入れて、道を探る。そうして、今のアシタロテがあるのだ。

賢《さか》しらに自分を主張するのではなく、与えられた中で選択肢を広げる。

主人であるガブリエルがそれをどう思っているのかはわからないが、少なくとも、今もってガブリエルの従者であり続けていられるということは『器』として、自分はまだ必要とされているのだろうと思った。むろん。それがベルゼブルの言う『愛されている』ことではないことは、充分すぎるほどに承知しているアシタロテだった。

元天使長であるルシファーは、館の中にあっても別格であるが。アシタロテは違う。ベルゼブルたちにとってのアシタロテは自分たちと同じ目線で語ることのできる、謂《い》わば、等身大の指針である。

だからこそ気軽に声をかけることもできるし、酒を酌《く》み交わしながら明け透けな冗談も言える。もちろん、貴重な助言を請うこともだ。頼れる者がいるということは、それだけで気持ちが楽になる。

アシタロテの従者歴が長く、館の事情にも精通していることは、最上階の者たちだけではなく館に住まう者ならば誰でも知っていることである。

だからといって、ガブリエルがアシタロテを特別扱いにしたことはただの一度もない。たとえ、閨房《けいぼう》での睦《むつ》み具合がどうであろうと、彼らの主人と同じように『蜜月の掟』という暗黙の了解を蔑《ないがし》ろにするようなこともなかった。

従者に『特別』はない。皆が、一律平等。だからこそ、彼らはアシタロテに一目を置きつつも、無駄に嫉妬を募らせる必要もなかったのだ。

「それは単に、僕の身体とガブリエル様の霊波動の相性がいいだけのことだよ」

声音すら変えずに、アシタロテは厳然たる事実を口にする。自戒を込めて。

彼らが言うところの主人に『愛される喜び』など、それこそ夢のまた夢――であった。

「だって、アシタロテだけだよ。シャヘルの聖痕が肩にあるのは」

いつになく、ベルゼブルはむきになって絡んでくる。

「聖痕は、ご主人様の愛情の深さで浮き出る場所が違うんでしょ?」

「普通は下半身に集中するけど、腕とか胸に出ると格が上がるって……ほんと?」

「そう、そう。だから、それだけでもう、ものすごく愛されてる証《あかし》だって」

アシタロテとベリアルは顔を見合わせ、どんよりとため息を漏らした。いったい、いつの間に、そんな根も葉もない流言が蔓延《まんえん》してしまったのだろうか……と。

「そんなものは、ただのでまかせだよ」

「ほんとに?」

やけに真剣な眼差しで、ベルゼブルはなおも食い下がる。

「本当も何も、なんの根拠もない噂に決まってるじゃない。ねぇ、ベリアル?」

ベルゼブルがいったい何をそんなにこだわっているのかは知らないが、ただの好奇心だけでそれを口にしたのではないことはその顔つきを見ていればわかる。

だから。アシタロテは、今現在、従者としては自分の次に古参であるベリアルに頷いてもらうのが一番いいと思ったのだ。一人よりも二人、そうすれば、それなりの真実も増すだろうと。なにより。己の肩に浮き出た聖痕が愛情の深さの証などと、そんななんの信憑性《しんぴょうせい》もない間違った夢を見てもらってはアシタロテが困る。後々のこともあるし、ここは、なんとしてもその間違いだけは正しておかなければならなかった。

「うん。それは、ただの噂だから」

それを言うベリアルの聖痕は、ちょうど腰の上あたりにある。アシタロテには及ばないものの、数多《あまた》の従者に比べればかなりの高位置に浮き出ていると言えなくもないのだが。

ベルゼブルはその真偽を見極めようとでもするかのように、束の間、アシタロテとベリアルの顔を交互に凝視して。おもむろに、掠《かす》れた呟《つぶや》きを漏らした。

「僕のは……僕の聖痕は、足の付け根なんだ。だから、みんなみたいに露出して見せびらかしたりもできない」

あー……それでか、と。アシタロテはようやく納得がいったように心持ち目を伏せ、手にした果実酒で軽く喉を湿らせた。

股間《こかん》の宝珠《シャルマリ》が熟し、時が満ちて蜜月になれば、従者の肌はしっとりとなめらかに潤い独特の芳香を放つ。それによって、肌に刻まれた聖痕もいっそうの艶を増すのだ。鮮烈に、紅く、血が爛熟《らんじゅく》して光り輝くように。

ゆえに。常日頃から、彼らは我が身を飾る宝玉代わりに惜しげもなく聖痕を露出することを好む。誰が、どの主人の器であるのか、誰の目にも一目瞭然《いちもくりょうぜん》の所有の刻印を。謂わば、自分の名前代わりにだ。

館では個人の名前など、さして重要視されない。皆の関心を惹《ひ》くのは浮き出た聖痕がどこの誰のものであるかということと、どれだけ長くその刻印を肌に刻んでいられるかということなのだ。

与えられた階着を自分流に着こなすのも、露出した聖痕が一番目立つようにするためにほかならない。そうすることでしか、自分を誇れるものがないからだ。

けれども。聖痕が股間の際どい部分に出たベルゼブルには、彼らのようにそれを露出することができないという抑圧された悩みがあった。

聖痕を露出するのは自分の存在意義を誇示することに等しいが、それはあくまで品位を落とさない程度に限られている。行きすぎた肌の露出はかえって皆の顰蹙《ひんしゅく》を買うばかりで、ひいては、それが主人の顔に泥を塗《ぬ》ることにもなりかねない。

『節度ある露出』

ベルゼブルの場合は、それ以前の問題だった。露出したくてもできない聖痕は、ラファエル以外の者がそれを目にすることもない。主人であるラファエルはそれでなんの不都合もないだろうが、ベルゼブルは違う。

幸いにして、今まで、

『どうして聖痕を隠しているのか』

などと、しつこく問い質《ただ》されたことはない。

――ないが。皆が同じようにやっていることをただ一人だけできないということは、それだけで白眼視されているのも同然だった。

気のせいではない。ただの錯覚でもない。ある意味、ときおり肌に絡みつくような視線のきつさは言葉よりも更に雄弁だった。

突き詰めれば。

「僕は、ただの使者《マラーク》だから。だから……ラファエル様のシャヘルには相応《ふさわ》しくないって言う奴もいる」

ベルゼブルの劣等感は、すべてそこに集約される。

正式な儀式に則《のっと》って選ばれた従者はその前身がなんであれ、身分の貴賤《きせん》は問われない。

主人にとっての従者の真価とは、

『いかに我が身の活力として豊潤な精気を取り込めるか』

それに尽きるからである。

しかし。それはあくまで主人側の価値観であって、それが閉塞《へいそく》感の充満した館に住まう彼らの現実に沿っているかと言えば、

『否』

——と言うほかにない。

前身を問われないはずの優劣は、確かにある。主人たちが思ってもみない、根深さで。ただそれが表立っては出てこない、陰湿な揉《も》め事にはならないだけのことだった。

今でこそ従者同士の付き合い方にも慣れ、最上階の暮らしにも特別なこだわりはなくなったが。それでも、ベルゼブルが己の出自に密《ひそ》かな負い目を感じていることに変わりはない。

館で唯一肩口に聖痕を持つアシタロテは〈シャマイム〉の統轄者であると同時に天領西の座の大君主でもあるガブリエルの従者であり、元は第七大天使隊の士官候補生であった。〈アラボト〉を支配するカシエルの従者であるベリアルは、天使隊第十二師団の下士官候補である。

天使長ルシファーを筆頭に『神』の思惟を具現する八大君主の一人ラグエルを主人に持つアポルオンは、天使隊第五師団の准士官見習いであった。

同様に、レヴィヤタンもザカリスも、その他の君主を主人に持つ者は皆それなりの出自を持っている。

つまりは、この最上階で……いや、もしかしたら、この館でただの使者であったのはベルゼブル一人かもしれない。それを思うと、胸の奥底がしくしくと痛んだ。

特定の従者を持つことが許されるのは御使えの中でも官位の高い者だけで、その器に選ばれるだけでも大変な名誉には違いない。

事実。ラファエルの従者になることが決まったベルゼブルは、ラファエル自身に手を引かれて褥《しとね》に上がるまではまるで実感を伴わない、何もかもがふわふわと浮遊しているような夢心地の半信半疑であったが。周囲の者たちからは盛大に羨《うらや》ましがられ、同時に、同じ分だけ激烈に嫉《ねた》まれた。

それまで。ベルゼブルの生活にはほんのささやかな望みはあっても、分不相応な野望も羨望もなかった。むしろ、使者としてのベルゼブルを嫉み羨む者など皆無だった。

なのに、だ。自分の知らないうちに、自分の知らないところで、予期せぬ感情の嵐が吹き荒れる。その様を初めて目の当たりにして、ベルゼブルはただ絶句することしかできなかった。

選ばれることの幸運。

熾天使の君主の従者となる僥倖。

けれども。従者は『器』として必要とされるだけで、そこには、ベルゼブルが思い描いていたささやかで甘やかな感情などはなんの意味も持たなかった。

選ばれた『幸運』は、二度と再び、天上界の輝きの中には戻れないという非情な運命を孕んでいた。ベルゼブルの『僥倖』には、常に出自に対する劣等感がついて回った。

館に住まう従者に身分の貴賤はないと明言されている限り、表立っては誰も己の前身をひけらかしたりはしないが。だからといって、ベルゼブルの気持ちの負担がそれで軽減されるわけではなかった。

たとえ、誰が何を語らなくても、新参者がどこの何者であるのかはすぐに知れ渡ってしまう。

それも、館では連綿と受け継がれてきた暗黙の了解事であった。

――だが。

ラファエルの従者であるという聖痕だけでも他の者と遜色《そんしょく》なく露出することができれば、まだ気持ちの余裕も持てるのだが。ベルゼブルには、それすらもが叶《かな》わなかった。

それを思うと、奥歯が軋った。

『出自が低く、聖痕の在処も悪い』

そんなみっともなさでは、天上界第三位というラファエルの従者としてはあまりに惨《みじ》めだ。

泣きたくなってしまう。

『分不相応』

その言葉が、痛烈に身に沁《し》みた。自分のような半端者では、かえって主人の品位を貶めてしまうのではないかと。

そんなベルゼブルの鬱屈した感情に初めて気付かされた気がして、アシタロテは。

「聖痕が浮き出る場所に愛情は関係ない。言いたい奴には言わしておけばいいよ」

わずかに語気を強めた。

「でも、ルシファー様は……」

ベルゼブルが、ルシファーの何にこだわっているのか。その場にいる者ならば、誰にでもわかる。

『聖痕』と。

『出自』と。

求められる『愛情』の深さ。

その三位一体を唯一具現しているのがルシファーであった。

「あの方は別格でしょ？　天使長様だったんだから」

それだけは、きっぱりと断言できる。

館に住む者は一律平等。だが。その言葉も、ルシファー相手では虚しい。出自は関係ないと言いつつ、ルシファーと自分たちを同列にすること自体が不遜《ふそん》の極みであった。

「そうだよ。僕たちとは元々の格が違うんだってば」

「だから、聖痕が額に出るなんて、普通ではあり得ないことが罷《まか》り通るんだよ」

アシタロテの言葉に、誰もが皆、深々と頷く。相手がルシファーである限り、格の違いを張り合うだけ無駄というものだ。

かといって。アシタロテはもちろん、その場にいた者は誰一人として、ルシファーの額に深紅の聖痕が浮き出ているのを実際に見た者はいない。

ルシファーは自室に引きこもったまま、いまだに広間には一度も降りては来ないからだ。

それゆえ、館の慣例になっている『披露目《ひろめ》の儀』すら行われていない。

最上階でその仕切りを任されているアシタロテは、その理由を、ルシファーの体調不良として聞かされていない。それを口にしたときのガブリエルの珍しくも苦々しげな顔つきに、アシタロテは、慣例を曲げてまで自室に引きこもらねばならない『理由』がただの体調不良ではないことを察した。

むろん。それがなんであるのか興味は疼《うず》いても、差し出がましくその理由を詮索《せんさく》することはなかったが。

ゆえに。ルシファーの額に浮き出た聖痕説は、あくまでも噂にすぎない。それがどこから漏れたのかはさておき、おそらくは、真実に一番近い類《たぐい》のものであろうことは想像に難くなかったが。

ただ、誰も、その噂の真相を我が主人に問うて確かめてみる勇気はなかった。不用意にいらざることを口にして、主人の不興を買うのが怖いのだ。

従者である彼らにとって聖痕は、自分と主人を繋ぐ唯一の証だが。それは同時に、主人が器として所有する隷属の御徴《みしるし》でもある。

主従としての刻印であるからには、主人の決断ひとつで、その絆はいつ切れてしまってもおかしくはない。だからこそ、彼らは常に従順でなければならないのだ。

寵愛《ちょうあい》を得るため媚《こ》びることが重要なのではない。主人の機嫌を損ねないようにひたすら従順であることが不可欠なのだ。それが、ひいては器としての絆を深めることにも繋がるからだ。

「だけど、ルシファー様はまだ一度もこの広間にはお出ましにならないよね」

「うん。お披露目の儀も、まだだよ」

「お加減が悪いから、延期になったんだよね？」

「そう、聞いてる」

それ以外のことは、アシタロテにもわからない。

ときおり、館付きの薬師であるシェラがルシファーの寝所を訪れているのは誰もが知っているところであるから、いまだに体調が優れないのは間違いないのだが。それ以外のことは、一切、外には漏れてこない。

「もうずいぶんになるけど、まだお悪いのかな」

「だから、ミカエル様、それが心配で二夜と空けずにいらっしゃってるわけ？」

理由がなんであれ、館の暗黙の了解であるところの『掟』を無視したミカエルの来訪が彼らの感情を複雑に掻き毟っていることに変わりはない。

「さぁ……。それは、僕にもわからないよ」

「ふーん……。アシタロテも知らないんだ？」

アシタロテが最上階を仕切っているのは周知の事実であるから、その分、ベリアルの口も遠慮がない。

「ガブリエル様からのご指示は、まだ何もないからね」

「もしかして、このまま取り止《や》め……なんてことにはならないよね？」

「だから、それを僕に聞かれてもわからないってば」

「早く見たいなぁ、ルシファー様のお披露目姿」

「うん。どんなだろうね」

「天使長様だったルシファー様だから、やっぱり、盛大なのかな？」

「それはないと思うけど」

皆と同じでなければ意味がない。

「なんか……考えるだけでどきどきする」

ただ広間で屯《たむろ》して果実酒を酌み交わす以外ほかに何もすることがない館では、新参者の従者の『披露目』が唯一の楽しみと言えなくもない。その日だけは、無礼講であるからだ。

それが、今現在、彼らの感情を揺るがす元凶――ルシファーの顔見せともなれば、よくも悪くも、館中が固唾《かたず》を呑んで見守ることだろう。

「でも、本当なら、僕たちみたいな格下の者は御尊顔を拝することもできない方なんだよね」

「やっぱり、天使長様だし」

「だけど――僕たちと同じシャヘルだよ。仲間……なんだから」

ぼそりと漏らしたベルゼブルの言葉に、誰もが一瞬顔を見合わせ、意味ありげなため息をこぼした。

「何？　僕……何か変なことを言った？」

「変じゃないよ。変じゃないけど……」

「……うん。なんか、ね」

「ちょっと……ね」

ベリアルたちが曖昧《あいまい》に口ごもる気持ちは、アシタロテにもよくわかる。

自分たちの同胞。その言葉ほど、ルシファーにそぐわないものはないような気がするのはアシタロテの穿った見方だろうか。

「いらしていただきたいよね、早く。そうすれば……みんな、きっと、すごく喜ぶと思うんだ」

「……そうだよね」

「そうだよ。ルシファー様にお声をかけていただけたら、それだけでもう、胸がいっぱいになってしまいそう」

期待と、不安。

多大なる羨望が孕む、密やかな嫉妬。

それでも。彼らは渇望せずにはいられないのだ。天上界の至宝『光掲げる者』であるルシファーの御姿を。

「ねぇ、ベルゼブル」

「……何？」

「ルシファー様とラファエル様って……とっても仲がいいんでしょ？」

「え…？　さぁ……僕、よく知らない」

別に、白々しく惚《とほ》けているわけではない。

ただの使者にすぎなかったベルゼブルにとって、熾天使は自分とはまったく関係のない雲上人であった。この館の住人になって初めて、目も眩まんばかりに神々しい至高の御使えたちを見知ったのだ。

ラファエルの従者に選ばれなければ、おそらく、一生その尊顔を拝することもなかっただろう。それが、僥倖と言えるのかどうかは別にして。

そんなベルゼブルであるから、当然のことながら、ラファエルの交友関係など知るはずもなかった。

「ほんとに？」

「う…うん」

「だったら、ラファエル様にお願いしてルシファー様のご様子を伺うのは無理かなぁ」

「む……無理だよぉ」

ベリアルの無謀とも言える無邪気な提案に、ベルゼブルは瞬時に青ざめる。

「だめだよ。そんなこと……僕、言えない。ラファエル様にお願いなんて……そんなこと、できない」

狼狽《うろた》え、焦り、ベルゼブルの顔色はますます悪くなる。

「ラ…ラファエル、様……。このところ、あんまりご機嫌がよろしくないし」

唇の端を引き攣《つ》らせて、その声はだんだん小さくなる。

「ラファエル様も？　ラグエル様も、そうなんだ」

「……ウリエル様も、だよ。なんか苛々してらっしゃるみたいで……ちょっと、怖い」

そして。アシタロテは知る。いつになく不機嫌なのが我が主人であるガブリエルだけではないことを。

（そう……なのか？　ご主人様方は皆、ご機嫌が悪い？　それって……もしかして、このところのミカエル様のご来訪に関係あるのかな）

あくまで、それはアシタロテの推察であって、実際のところがどうなのか……わからない。

――いや。熾天使の君主たちの心中を察することなどおこがましくて、口に出すこともできないアシタロテであった。

あとがき

こんにちは。

いきなり突然の『影の館』です。

はーるーか、昔『小説JUNE』が創刊される以前に投稿作を募集してもいないのにJUNE編集部に勝手に原稿を送り付けたという非常識な問題作（爆笑）です。なので、たぶん、こういう妄想ファンタジー系を書いていたというのをご存じない方が多数いらっしゃるのではないかな……と。

今回、ありがたくも徳間さんがリメイクしてくださるというので、たぶんこれが加筆修正の最後のチャンスだと思ったら、いやぁ、リキが入りました。

そんなもので。ひたすらガツガツ書いていたら、三百ページを超えてしまいました。きゃぁあ……（汗）。担当さん、曰《いわ》く。

「大丈夫です。『間の楔』で慣れてます」

……ですか。

それで、改めてドラマCD『影の館』をじっくり聴いて、ますますハイテンションになってしまいました。あ…もしもドラマCDに興味のある方は中央書店コミコミスタジオさんに問い合わせてみてください。たぶん、まだあります（笑）。

次は続編の『暗闇の封印』です。ルシファー転生編というか、ミカエル、リベンジ編でしょうか。テーマは『愛は勝つ！』です。

ついでに、担当さんと『暗闇の封印』後のルシファーとミカエルの展開（裏話的妄想？）で大盛り上がりトークをブチカマしてしまいました。やっぱり、これが私の原点だったりするので萌えのレベルが違うのかも、ハハハ。

最後の最後になってしまいましたが、笠井《かさい》あゆみ様、美麗なイラストをありがとうございました。キャラララフを拝見して、つい、狂喜乱舞してしまいました。次作も、よろしくお付き合いくださいませ。

それでは、また。

平成二十五年　十月

吉原理恵子《よしはらりえこ》

※参考文献
〔新潮社〕　犬養道子『旧約聖書物語』（増訂版）
〔青土社〕　マルコム・ゴドウィン『天使の世界』（大瀧啓裕　訳）

この本を読んでのご意見、ご感想を編集部までお寄せください。
《あて先》〒105－8055　東京都港区芝大門2－2－1　徳間書店　キャラ編集部気付
「影の館」係

■初出一覧
影の館……角川書店刊(1994年)
※本書は、角川書店刊行のルビー文庫を底本としました。

2013年11月30日 初刷

著者 吉原理恵子

発行者 川田 修
発行所 株式会社徳間書店
〒105-8055 東京都港区芝大門2-2-1
電話048-451-5960(販売部)
03-5403-4348(編集部)
振替00140-0-44392

Chara

影の館……【キャラ文庫】

印刷・製本 株式会社廣済堂
カバー・口絵
デザイン 百足屋ユウコ(ムシカゴグラフィクス)

ISBN978-4-19-900732-3

好評発売中

吉原理恵子の本

【間の楔】全6巻

イラスト◆長門サイチ

歓楽都市ミダスの郊外、特別自治区ケレス――通称スラムで不良グループの頭《ヘッド》を仕切るリキは、夜の街でカモを物色中、手痛いミスで捕まってしまう。捕らえたのは、中央都市タナグラを統べる究極のエリート人工体·金髪《ブロンディー》のイアソンだった!! 特権階級の頂点に立つブロンディーと、スラムの雑種――本来決して交わらないはずの二人の邂逅が、執着に歪んだ愛と宿業の輪廻を紡ぎはじめる……!!

キャラ文庫最新刊

花屋の店番 毎日晴天！12

菅野 彰

イラスト◆二宮悦巳

帯刀家次男の明信《あきのぶ》の恋人は花屋の龍《りゅう》。でも、ここ数日龍が行方不明で…!? 明信と龍の恋他、末っ子・真弓《まゆみ》が起こす騒動も収録！

ラブレター 神様も知らない3

高遠琉加

イラスト◆高階 佑

司《つかさ》と佐季《さき》が幼い頃に犯した罪…その秘密が綻び始める。真相を知った刑事の慧介《けいすけ》は、任務と司への愛に揺れ!? シリーズ完結!!

影の館

吉原理恵子

イラスト◆笠井あゆみ

天使長ルシファーに激しく執着するミカエル。「おまえが欲しい」と強引に抱かれたルシファーは、従者《シャヘル》として堕天して――!?

学生寮で、後輩と

渡海奈穂

イラスト◆夏乃あゆみ

男子寮に入っている春菜《はるな》は、評判の人嫌い。けれど後輩の城野《しろの》に懐かれ、他人に興味がなかったはずが、城野を意識し始めて!?

12月新刊のお知らせ

遠野春日［蜜なる異界の契約2(仮)］cut／笠井あゆみ

火崎 勇［ラスト・コール］cut／石田 要

夜光 花［バグ(仮)］cut／湖水きよ

お楽しみに♡

12月20日(金)発売予定